数式に記された愛

愛と神のメカニズム

POSITION OF LOVE IN THE EQUATION

出嶌達也

みらい PUBLISHING

目次

朝 6

敬介 9

カオスとの出会い 11

食卓の寸景 14

楽器メーカーの研究室にて 15

繭子 18

でき過ぎた研究室へ 21

孤高の研究者 28

それぞれの役割 31

愛の基本メカニズム 34

愛に守られる研究者 37

愛の進化 39

礼子 43

強酸の中のオアシス 51

縁の意味 61

礼子の研究 62

敬介の予想 76

人生の真の目的 77

セキュリティ 81
神の関数 85
砂漠のオアシス 89
深い関係 94
竜宮城の奥へ 97
思わぬ事実 99
詩音 107
新たな使命 121
危険性 125
クオンデリーター 127
ありがとう 129
初めての嘘 132
宇宙最期の日 136
覚醒で連鎖する宇宙 148
生まれ変わる詩音 152
進化へ 155
シナプストレーナー 157
平和賞の式典にて 163
愛につつまれる敬介 178
心に空いた穴 182
愛と神のメカニズム 188

数式に記された愛

愛と神のメカニズム

朝

雨があがって、空は一気に晴れ上がり、まばゆい日差しが水玉に乱反射しながら白い窓辺に差し込んでいる。光を蓄えた水玉が次々と合体しては大きな水玉となり、黄緑色の葉っぱの上をバウンドして転げ落ちている。小鳥達は仲間同士でこれから何をして遊ぼうかと声高らかにさえずり始め、カロライナジャスミンの花にくっついた水滴は日差しの熱で蒸発し、あたり一面に甘酸っぱいにおいを放っている。白い小さな家の窓越しに見える小さなテーブル。そしてシルクのような肌と黒髪のコントラストが美しい女性がコーヒーをいれている。一つは白磁器のカップ、そしてもう一つはこの雰囲気には到底似合わない唐草模様のカップである。この唐草模様のカップの持ち主は白川敬介《けいすけ》という男で、白磁器のカップの持ち主は妻の繭子《まゆこ》のものであった。敬介と繭子は休日にはいつもこうやって二人でコーヒーを飲みながら様々な話題で会話を楽しんでいる。その会話は生活をともにした20年の間、ほぼ毎週といっていいほど続けられてきており、その内容は二人の知的好奇心を満たすべく、実に多彩で深淵たる内容となっていた。

きらきらと白く輝く窓越しに敬介と繭子が話している。

「お前もたまにはおしゃれして出かけたらどうなんだい？」

「私は十分今のままで楽しんでるわよ」

「でも、もっと派手に楽しんでる主婦もいるじゃない。子ども達も手を離れたし、たまにはパーッと遊んできてもいいんだよ」

「そうね、久しぶりに昔みたいに踊れる場所でも行ってみたいな」

「じゃあ今夜、僕と行くかい？」

「そのうちね」

「あまり気が進まないみたいだね」

「私は今の状態が一番楽しいのよ。家族や植物に囲まれて、もうこれ以上の幸せはないわ。敬介さんとの会話も下手な映画よりずっと楽しいしね。あなたのおかげです。ありがとう」

「こちらこそありがとう。君のおかげです。結婚した時は、人生がここまで楽しくなるとは思ってもみなかったよ。それに、今の発明をする部門に移動してからは、クリエイティブな仕事ができて脳みそが喜んでいるのがわかるよ」

「敬介さんにとって発明は脳の栄養なのね。今はどんなことに興味をもってるの？」

「複雑系って学問だよ。風が吹けば桶屋が儲かるって話聞いたことあるでしょ？」

「知ってるわ」

「ある場所で起こった些細なことが、その後の大きな変化につながるっていう学問なんだ」

「複雑というだけで聞く気を失くすわ」

「そう思うでしょ。でもね、それを研究しているうちにすごいことを発見してしまったんだ」

「すごいこと？」

「うん、それはね……」


突然電話のベルが鳴った。敬介はカップを持ったまま立ち上がって近くの電話を取った。

「もしもし……はい私です。その通りですが……えっ、本当ですか？　わかりました。その時間なら大丈夫です。失礼します」


東京にある敬介の家に国際研究機関である世界科学者連合から電話が入った。それはいわゆるヘッドハンティングであり、敬介が昨年発明した「アトラクター逆変換理論」についての研究をアメリカの世界科学者連合の研究施設で行ってほしいというものであった。敬介は電話をおいて一言つぶやいた。

「やはり僕の発明は、メカニズムに従って動き出したようだ……」

そのとき、薄手のカーテンをなびかせて、窓から風が輝く水滴を巻き込むように入ってきた。

繭子は持っていたカップをテーブルに置き、敬介のそばに歩み寄る。

敬介は自分のカップを電話の近くに置いて繭子を見つめ、目を見開き、少し興奮した表情で話しかけていた。

敬介

白川敬介という男は京都市下京区で生まれ育ち、年齢は40歳である。父方の一族は京都では古くからの画商であり、近くを流れる白川周辺に住んでいたのでこの苗字を名乗ったと言い伝えられている。すらっとした長身で手足、指が長く西洋人を感じさせるしなやかな身体をもった男性だ。普段は上下とも黒っぽいジャケットとパンツを纏《まと》っている。敬介はプロの作曲家でありながら、副業として、楽器メーカーで新製品の研究開発を担う社員であった。作曲家と言うと幼少から音楽が好きそうに思えるが、彼の場合は正反対で、子どもの頃は大変な音楽嫌いであった。「音楽なんか男のすることじゃない！」と勝手な偏見を持ち、毛嫌いしていたのである。当時は野球やサッカーが男子の間でとても流行《はや》っていて、「スポーツが得意なカッコイイ男」になりたかったのだ。その後中学に入学したころから音楽にも少しカッコイイと思えるものを見いだし始める。高校に進学してからは、音楽好きの先輩の影響でギターを始め、軽音楽部に入部し、めきめきと腕をあげていった。さらに作曲も得意で、敬介の組んでいたバンドはみるみるうちにコンテストで好成績を収めるようになる。実は敬介は幼少時代から自由に作曲できる天然の音楽の才能を持っていた。このため学生時代から若くして多数の作品を作り、またコンサート活動も行っていた。友人達もこのまま音楽の道へと進むと思っていた。しかし敬介自身は間違っても挫折産業の代表格ともいわれる音楽業界への道へは進もうとは思っていなかった。敬介は、音楽活動は学生生活とともに終止符を打ち、自分の人生は、子どもの頃から好きだった「あこがれの企業」に捧げるつもりでいた。しかし念願叶ってその企業に就職したものの、徐々に生活の中心に位置していた音楽活動への喪失感を感じはじめ、企業一筋の生き方に満足できなくなっていった。そんな中、敬介の音楽的才能を昔から見抜いていた大学時代のバンド仲間が、敬介を東京の電子楽器メーカーへと紹介する。その転職先の社長は最高の楽器を生み出すために、素人レベルではない本物の音楽的才能を持った人材を探し求めていた。そして敬介の能力を買って出て彼を呼び寄せたのである。そこで敬介は他の社員に比べて比較的自由に研究開発をしながら、音楽活動も再開できるようになったのであった。

敬介は転職をして生活が安定してきたころに、中学時代の同級生であった繭子という女性と結婚し、2人の子どもにも恵まれる。生活は決して裕福ではなかったが、家族はとても仲が良く、幸せな毎日を過ごしていた。生業であった楽器メーカーでの仕事は、電子ピアノに内蔵されるデモ曲や音についての研究や発明を行うことであった。また音楽活動としては自らの楽曲を大手企業のCMやマスメディアへ提供するとともに、CDのリリースなどを続けていた。当然のことながら、敬介の音や音楽に対する探究心はとてつもなく深く、自分が生み出した曲の構造や、演奏技術や、楽器のあるべき姿などについては、強い信念を持ち、そこから生み出される発明は類い稀なるものが創出されていた。また敬介は、古典的な音楽理論には全く興味はなかったが、自分の頭の中に自然と浮かんでくる曲が、どのようなメカニズムで発生しているのかについては、いつか解明してみたいと考えていた。

カオスとの出会い

ある日の昼食前、敬介は新聞を読んでいた。その紙面には格差や環境破壊、戦争などの記事がいたるところで目につく。また広告欄には競争社会を煽《あお》るかのように「勝ち組、負け組」「貧乏家族、金持ち家族」「受かる親子、落ちる親子」など格差にフォーカスし、人間の問題回避本能につけ込んだ悪趣味なキャッチ広告が目についた。

「昔だったら使うことをためらうような言葉を平気で用いた広告がたくさん掲載されているな。これを見た人はきっと嫌な気持ちになりながらも興味を持たされるんだろうな。この新聞ですら、資本提供してくれる広告主の言いなりになってきているんだな。それとも法的に問題がないから特に問題意識すら感じてないのかな」

「敬介さん、そろそろできそうだから……」

「はい、はい」

藺子がそうめんの具を作っている。キュウリを切る千切りのリズムが一定でとても心地よい。グラスに麦茶が注がれ、ガラスの器の中で踊る氷の音が居間に聴こえてくる。お茶をテーブルに運んだあと、敬介は、何気なくテレビのチャンネルをあわせてみた。すると放送大学の電子工学の講義番組が目にとまった。その講義のシーンは、『カオス電子回路』という装置を動作させるシーンであった。「カオス」とは簡単に説明すれば「もやもや」した状態で、一般的には「混沌《こんとん》」いう説明がされている。「もやもや」しているものは、その名が示す通り見た瞬間にそれが何だかよくわからないので「もやもや」なのだが、「完全なランダム」とは違うことを知らず知らず人は感じ取っているものだ。そしてこの「もやもや」にも何らかの「法則」が隠れていることを人は何となく感じている。そして「カオス理論」はそのもやもやに隠れている「法則」が何であるかを突き止めること、すなわち「無秩序の中に秩序を見いだすこと」ができる理論なのである。敬介が見ているテレビではこの「もやもや」の状態を電子回路で作り出すための講義の場面が放送されていたのであった。

そしてこの装置を動作させることによって、発生される「もやもや＝カオス」を音声に変換して聴いてみようという実験がなされていた。そして電源スイッチが押されると、「キュルキュルキュル……」という音がテレビのスピーカーから流れた。その音は普通の人が聞いても単なる雑音としか思えないような音である。しかし、これを聴いていた敬介には、その音はとても興味深く聴こえた。なぜならそれは敬介が学生時代に親しんでいた、著名なギターアンプの音に含まれている特殊な音と同じ成分の音が含まれていたからである。おそらくこの音は他の科学者達には魅力のある音ではなかったかもしれないが、敬介にとっては衝撃的な音に感じられたのである。たまたま、この放送を見たことがきっかけとなって、良い音を常に探し求めている敬介の興味は「カオス理論」へと向き始めたのである。そしてこの日を境に、カオス理論を鑑みた研究が深められていき、敬介はカオスの世界に魅了されてゆく。そしてある日、頭の中に閃《ひらめ》きが起こり、『アトラクター逆変換理論』と称される音と音楽の神髄にせまる発明に至る。

そしてこの技術を応用することで、今までとは全く異なる「究極の楽器」を生み出すことができる可能性が見えてきたのである。

たとえば、この応用例として無限に進化しながら作曲と音の生成を行うことができる「音楽の子宮」と呼ばれる楽器を創ることが可能となる。敬介はこの発明を自分が所属する楽器メーカーへ譲渡し、さらに商品化というミッションを実現するために部分的に試作を行っていた。楽器メーカーは敬介の発明を独占するため日本国特許庁へ特許出願した。特許法によると、このまま一定期間は秘密にされ特許査定のための審査を待つように条文に規定されている。しかし今回の敬介の発明に限っては特別扱いがなされた。実は、その内容が悪用されると殺戮《さつりく》兵器になりうる危険性が非常に高く、一企業の保有は危険と判断されたためである。このため、日本国は超法規的措置によって敬介の発明を事前に音響およびカオス理論の専門家達に極秘検討させ、厳密な審査の結果、その技術は社会的影響が大き過ぎるため、世界共通の共同研究テーマとすべきという結論が下された。そして国際法に準拠して、敬介の今後の研究は、世界科学者連合の研究施設において、厳密な管理下で行われることになるのであった。

食卓の寸景

透明の器に氷水に浸かったそうめんが盛りつけられている。その上には京野菜の一つである九条ネギが添えられ上品な甘い香りを漂わせている。

「さあ食べましょ」

「いただきます！　うーんおいしい！　幸せだ～。ありがとう！」

「ホント最近は何を食べてもおいしいわ。喧嘩してる時以外は……」

「確かに喧嘩してるときは味がわからなくなるよね。でも今日は食欲が加速してるよ。あと死ぬまでそうめんを何回食べることができるかな？　この九条ネギも何回食べることができるかな？」

「さすが蟹座の男ね」

「どんな高度な発明よりも君の作る手料理が最高だよ」

「あったり前でしょ。ちゃんと愛が込められてますからね」

二人は一気にそうめんを平らげた。

楽器メーカーの研究室にて

楽器メーカーに在籍していた時の敬介の研究室は、会社の地下の防音が整ったスタジオの中に作られていた。数々の音響設備とピアノやギターなどの楽器が所狭しと並べられている。敬介は白衣を着てマイクの調節をしながらヘッドフォンに片耳をあてて音を確認している。その時、研究室のドアがノックされ、同僚が書類を敬介に手渡した。

「敬介さん、これ先日の特許の出願報奨金の明細書です」

「ありがとう。あ、これこの前出願した自動作曲の発明のやつか……」

「そうです。でも自動作曲の特許なんか興味がないと言ってませんでしたっけ？」

「なぜ興味がないかと言うと、僕自身は作曲できるので他の人や機械にさせる必要がないからなんだよ。でも今回の僕の発明は、今までの作曲理論から一線を画すと思えたし、僕にとっては『著作レベルの発明』と思えたので面倒くさいけど特許出願しておいたんだ」

「著作レベルの発明……ですか？」

「僕は発明にもいろいろあって、大きく分けると模倣レベルの発明と著作レベルの発明があると思っているんだ。たいした技術じゃなくても一定の進歩性があれば、特許はとりあえず取れる。たとえば、過去の作曲家の真似事をそのままコンピュータにやらせただけでも一定の要件を満たせば特許は取れる。でもそんな技術は単なる模倣レベルだよね。これに対してもっとオリジナリティがある発明は著作レベルと呼んでいるんだ。今回の場合は閃いたんだよ。自分の脳内での曲のまとまり方を詳細に追っていくと、今までの作曲法にはない法則を見つけたんだ。だから著作レベルだと思えたんだ。それに僕達の部署は最近研究費削減の影響を受けているので、危機感を感じてせめて特許だけでも出しておこうと思ったんだよ」

「そうですね。この先、多くの研究テーマは葬られる身ですよね。せめて特許だけでも出しておかないと」

「でも君と僕のテーマはなんとか経費が確保できてよかったじゃない」

「はい、いつまで続けさせてもらえるか不安ですが、これからも信念をもってやっていきたいです」

「そうだね。自分を信じて、お互いがんばりましょう」

敬介はこの楽器メーカーに300件を越える発明を譲渡しており、これらの発明をこの楽器メーカーは特許で独占していた。通常まともな企業であれば、特許を独占したならばその技術を使って製品開発を推進し、独占権に相応する社会貢献でフィードバックする。しかしこの楽器メーカーでは労働搾取が隠蔽的に行われており、搾取の一環として特許の放置と発明者への冷遇という体制が続いていた。そんな中、敬介の後輩の研究者が上司のパワーハラスメントによって自殺するという悲しい事件が起こった。その後輩は自殺する前から上司のハラスメントを受けていることを敬介に漏らしていただけにショックは大きく、さらにこの上司は自らの職権を濫用し、自分のハラスメントで後輩を自殺へ追いやったことを部門ぐるみで隠蔽してしまったのである。後輩が自殺して15年以上経過した後にこの隠蔽体質を知ってしまった敬介はこの楽器メーカーに対して完全に愛着を失ってしまった。そんな時に世界科学者連合からの転職のオファーがあり彼は長年勤めた楽器メーカーを後にすることになったのである。

繭子

繭子の柔らかく白い指がキャンドルに火を灯す。白いテーブルに敬介のジントニックと繭子のライムパライソが照らされている。そして敬介お手製のフェンネルのピクルスとクリームチーズが並んでいる。照らされた空間は昼とはうって変わり、炎によって揺らぐ立体的な陰影が幻想的な雰囲気を作り出している。

繭子は京都市東山区で生まれ39歳である。中肉中背ではあるが、日本舞踊を長年やっていたせいか所作が美しい女性であった。社寺仏閣の多い京都では珍しくないことであるが、由緒ある神社の3人姉妹の末っ子として生まれた。高校までは京都で過ごしたが京都の古い街並みが陰気くさく感じ、なんとか実家から脱出したいと思い大学は東京の美術大学に進学した。卒業後は京都に戻り、お香の会社でデザイナーとして働いていた。白川敬介とは中学三年生のときに同じクラスになった。中学を卒業してから10年、社会人になってから敬介とクラス会で再会し、その後、少し強引な敬介のアプローチにより恋愛関係となり結婚に至った。

実は、敬介は幼少の頃に、人と目が数秒間合うと、つい抱きついてしまうという変わった習性があった。成長とともにその習性は消え去っていたのだが、なぜか再会した繭子と見つめ合ってしまったときに、その習性が一瞬だけ現れてしまったのがきっかけなのであった。

「今日も一日ご苦労様でした。敬介さんの愛情ピクルスいただきまーす。うーんおいしい。フェンネルは甘くてとっても爽やかね」

「特にこのフェンネルは種から育てて唯一生き残ったやつだからね。きっと生命力にあふれているから香りもきついんだと思うよ」

「それに敬介さんの愛情も入ってるしね」

「愛情の有無でホントに味は変わるからね。そういえばそうそう、愛情の愛で思い出した……」

「愛がどうかしたの？」

「僕らが恋人時代に、愛について話したことを憶えているかい？　君は『愛は相手の気持ちをわかってあげることなんだ』ってしきりに僕に言ってたよね。そして僕は、君が心の底から愛というものを理解している大切な人だと思った。そして君にプロポーズした。君があの時、僕に愛の大切さを教えてくれたからこそ、今の僕があると言っていい。愛の力はすごいと思うよ」

「どうしたの？　なんか照れるじゃないの」

「そして実は今日、僕はその愛の原型と思われるものを発見したんだ」

「愛の原型？」

「そう、愛そのものの最も単純な形だよ。国や文化が異なれば、おそらく愛についての解釈はいろいろあるよね。でもその本質は一つなんだ。その愛の原型は『自分が結ぼうとするのを他の相手に譲る』という単純なふるまいなんだ」

「私が言っているのは、譲るというより、相手の気持ちをわかるということなんだけど……」

「人ならばそうだろうね。僕が言っているのはあくまで原型としての愛の姿なんだ。もっと昔、宇宙が始まった頃の愛の姿だよ。その姿を基本として今の人間社会の愛まで進化できたといえる。君が言ってきた『人の気持ちをわかること』と、僕が見つけた『自分の欲望を抑えて相手に譲る』という行為は似ていると思わないかい？　その行為というか、ふるまいは人間レベルでも素粒子のレベルでも同じなんだ。僕自身は君が言っている相手の気持ちをわかってあげることが愛だと理解してはいたけれど、だからといってその愛はなぜ必要なのか真の答えを見いだせないでいた。しかし今回、愛というものがなぜ必要なのか、ある数式によって謎が解けたんだ。しかもそれは人間の世界だけでなく、この宇宙すべてにおいて『愛』は必要不可欠だということがわかってしまったんだ」

《キャンドルの火がゆらぎ、その光は古い木製の時計に塗られた飴色の塗料に反射して黄金の光を放っている。昼間とは違う空間に、繭子の白い指が浮かんでいる。その指には水晶玉がついた指輪がはめられている。その水晶玉の中で一つの細胞が2つ4つと細胞分裂を繰り返しているように見える。それがいつしかひも状になり、さらに螺旋《らせん》状になり、その螺旋がさらに大きな螺旋のこぶを作っていくのが見える。そしてその螺旋の上を縦横無尽に光の矢が飛び越えている。この大きな螺旋は巨大なDNAとなってスケールアップし宇宙を航行し始める。そしてこのDNAはやがて太陽に似た星の高熱により鎖がほどけるように分裂する。そして片方はゆるやかに他の星の土に埋もれる。もう一つの片割れは宇宙空間へと消えてゆく》

でき過ぎた研究室へ

ここはアメリカの某所に設立された世界科学者連合の研究施設である。地上に出ている部分は一見普通のおしゃれなビルなのだが、その主要部は地底深くに建設されていて、しかも魔法瓶のような多層構造になっている。その外壁の構造は強酸の層、電磁波を遮蔽する層、量子テレポーテーションを撹乱《かくらん》する層、耐熱層などから構成され、不法侵入者を拒んでいる。特に実験室は葡萄《ぶどう》の房のようなサテライト形状になっており、それ全体が巨大な強酸性の液体プールに沈められている。これはテロ攻撃があった時に機密事項を外部に漏洩《ろうえい》させないための情報消去のための仕組みであった。そんな強酸性の液体中に浮かんでいる実験室の一つで美しい女性が研究している。彼女はゴム手袋をしてＤＮＡを合成している。そして顕微鏡を見ながら一つのＤＮＡをつまんでいる。


桜の花びらが舞い散る晴天の日。

空港で敬介を繭子がニコニコしながら見送っている。繭子は敬介の飛行機に手をふりながら、

「私の思った通りになったわね。これからまだまだ楽しいことが待ってるわよ。楽し過ぎて狂い死にしないように気をつけてね」

敬介は飛行機の窓から繭子のいる方向を少し名残惜しそうに見ている。

繭子はその飛行機が見えなくなると、少し肩の荷が下りたような気がした。

「さあ、私もぱーっとしようっと！」

繭子は敬介と別れて生活することを簡単に受け入れたように見えるが、実はそうではなかった。敬介が犯罪組織から狙われるほどの機密事項を扱う研究に携わることや、研究室や住所すら秘匿されるということが彼女の不安を募らせた。最初は言い争いになったが、敬介はある数式を用いて繭子を粘り強く説得していった。やがて繭子は敬介とのこれまでの縁の大切さを完全に理解し、敬介を喜んで送り出すことになったのであった。

敬介は、一人でアメリカへ旅立った。そして現地に到着すると敬介を待っていたのは世界科学者連合の美しく聡明な女性スタッフ達であった。敬介は素直に喜んだ。しかしこれは世界科学者連合があらかじめ準備していた敬介専用の「でき過ぎた環境」であった。世界科学者連合は創造思考とは何かを熟知している研究集団である。そして男性研究員から無限に創造力を発揮させる最良の方法を知り尽くしていた。敬介の創造性をアップする手法も事前に調査、検討され、それを最大限に引き出すべく彼をとりまく理想の研究環境がオーダーメイドされているのである。そして至福の研究環境の中で敬介が生み出すアイデアを効率的に刈り取ろうとしていたのである。

《知的な老人の顔が映る。その肌に刻まれたとても深いしわ。そのしわを拡大するとその溝はフィボナッチ数列によって作られた樹状に枝分かれをしていて、光の玉のようなものが行き来している。しわの上を走る光は時には正面衝突をして大きな光の玉を生み出している。そのしわはさらに新しく枝分かれを始め、どんどん複雑な模様となる。しわの固まりが一つ二つと増えてくる。これらの固まりと固まりの間にさらに大きな溝ができてきて、それが脳のようなパターンを作り出す。その脳のパターンの上には頭蓋骨《ずがいこつ》と頭髪が乗っている。その頭髪に火がついて、やがて脳が焼却されていく。その過程でDNAがほぐれていく。この脳全体が焼却されるときに、そこから記号が生まれ、量子信号になって空間に蓄積されていく。そして膨大な量の量子信号が空間に放出される。この信号はもやもやしたまだら雲のように空間を漂っている。そしてこのまだら雲はやがて真っ暗な空間を埋め尽くす葡萄の房のような巨大神経回路に纏《まと》わりつく。そしてさらに神経回路はその雲に成長を助けられながら発達する。その発達スピードは急激に逆早回しとなり、再び脳の形へと復帰し、周りに頭蓋骨が見え、皮膚が覆い、その皮膚に白髪が生え、最後に壮年の知的な男性の顔が浮かび上がる。その男性は敬介の研究室の前で敬介を見つめている世界科学者連合の知性にあふれた代表の顔であった》

代表は敬介に言った。

「敬介さん、この先の研究室とその周辺環境はすべてあなたにとって都合良く作られていることをお伝えしておきます。秘書や助手の女性達も、みんなあなたの好み通りに作られているロボットです。あなたはこの限られた環境の中で本能のままに自分を解放してください。ロボット達は非常に優秀かつ忠実に働きます。この環境を自由にお使いいただいて、最高の研究と最高の創造を行ってください。よろしくお願いいたします」

「それは自分の脳を完全に解放できそうな環境ですね。すばらしいです。ところであなたは人間ですか？」

「はい」

「そうですか、僕を空港に迎えにきてくれたのは？」

「ロボット達です。お気に召しましたか？」

「美し過ぎる女性達だったのでものすごく気になっていました。完璧です。彼女達がこのドアの先で僕を待っていてくれてるんですね」

「そうですよ。あなたの言うことを何でも聞く、優秀なスタッフ達です。あなたの好みに忠実に作られています」

「あ、そうですか……私の好みがばれてしまって、少々恥ずかしいです」

「私はあなたのようにこれほどまでの想像力は豊かではないですが、私もこういうのは嫌いじゃありませんから」

「そうですよね、男だったらそうですね」

「そりゃそうですよ」

代表は一度大きな咳払いをして続けた。

「このドアの先はすべてあなたのためだけのロボットです。ドアの向こうではこちらと法律が異なっていて、向こうは非常に自由度が高く、あなたに都合良く法律が適用されます。基本的にロボット達にはどんな行為をしても許されます。ただし修理不可能になるような行為はおやめくださいますようお願いします」


敬介は自分が美人の秘書に膝枕をされながら、他のスタッフには爪切りと指のマッサージを行わせ、さらに自分の論文をパソコンに打ち込ませている姿を想像する。至福の笑みを隠そうとしてもついつい瞳孔が開きっぱなしになってしまうのであった。


「中に入ってもよろしいですか？」

「では、私はここで失礼します」

「ちょ、ちょっと待ってくださいよ」


敬介は代表を部屋の外に引き止めて、ドアを半開きにして中をのぞいてみた。中からは敬介

を歓迎する声が聞こえた。敬介は会釈をしてまたドアを閉めた。そして目尻を下げながら代表に、

「ああ、創造意欲がとても湧いてきました。よく僕の好みを調査されましたね。昔の僕だったら欲望にまかせて研究どころじゃなかったですよ。創造を行うのに自分を解放することは本当に重要な作業です。このような環境が必要だと真面目に訴えてもなかなか理解してもらえないんですが、ここは本当に進んでいますね。そして人間とは何かを解っている場所だと思います。とてもありがたい環境です。若干頭が混乱気味ですが、冷静に、かつ自分らしくふるまえたらと思います。いやいや、僕は今、何を言っているんでしょうか？　とにかく脳が喜んでいることは事実のようです」

敬介はでき過ぎた研究室の彼女達を見て、かなり興奮していた。その目は独身時代のように鋭く聡明で、自分の年齢を完全に忘れているかのようであった。代表は微笑んで、

「そのようにおっしゃっていただけると思っておりました。でも自分を解放することも時には大切です。そこで得た発想が人類を救うきっかけになる可能性だってあります。あまり堅苦しくならずに、できるだけリラックスしてご自分の研究活動をエンジョイしてください。まずは明日、他の研究者達にあなたを紹介したいと思いますのでよろしくお願いします」

と言って去っていった。

孤高の研究者

翌日、初顔合わせの後、敬介は自分の理論を他の研究者達に紹介した。その理論とは、「アトラクター感受性から始まる異次元進化論」というものである。アトラクター感受性とは見えないものが見聞きできてしまう特別な感受性である。敬介の理論によると、なにもないかのように見える空間にも、実は雲のような「もやもや」した量子レベルの信号データが存在し、それが何であるのかを「アトラクター感受性」という特別な感受性を備えている人だけは体験することができるというのだ。すなわちこの感受性を備えた人にとっては量子レベルの信号データをデコードして異次元が見えてしまうのだ。敬介の理論はさらにこのように続く。「我々が認知している今の宇宙空間を現次元というならば、それ以外の次元は異次元である。異次元はまるで遠い世界のように思えるが実はそうではない。たとえば人間の死後、焼却された脳や身体のデータは別の物質に形を変えて空間に存在しているだけで、量子レベルでの配列構造はなくなっている訳ではない。またそのデータは現次元ではバラバラになったように感じるが、時系列データとして見た場合には時間を基準とする1つのデータの集合と見なすことができ、次元が異なれば1つのまとまった生体として存在する可能性がある。また脳の仕組みや膨大な記憶も量子データとして空間に『もやもや』したカオス状態で存在している可能性がある。すなわちこれらの浮遊している量子データはバラバラのデータとしてではなく、別の次元では生前と同じような思考回路として存在している可能性があるのだ。これは現次元では死亡している人が、異次元では形を変えて生存している可能性があることを意味する。そして『アトラクター感受性』があればこれを認知できるのだ」

あくまで仮説ではあるが、敬介はこれが近い将来解明されるだろうと明言した。さらに敬介は、たとえば信頼実績のある予言者は「アトラクター感受性」を持っていて、これによって現次元での時間軸とは異なった映像を見ている可能性が高いと説明した。

敬介はそばにいる代表に、この内容を話してよいのかどうか耳打ちした後、重大な内容を発表する。

それは、「アトラクター感受性」は人工的に人間に植え付けることが可能なため、近い将来、人類始まって以来の「知的進化」が起こるという予言じみた報告である。

敬介の発表が終わると、世界科学者連合の研究者達は絶賛し、会場には拍手の渦が巻き起こった。しかしその評判とは裏腹に、敬介の発表をネットで閲覧した外部の科学者達や一部のメディアからは逆にすさまじいバッシングを受けたのである。

そもそも敬介は一般的な研究者のような下積みがなかったので、研究業界の中では異端児とみなされていた。多くのベテラン研究者達にとっては「なぜ彼が？」という気持ちが強かったのである。ネットでは「論文の数はほぼなく、人騒がせだ。おまえは科学者じゃない！」などの誹謗中傷の書き込みがなされた。さらにある音楽大学の教授や、クラシック音楽の巨匠といわれる人びともこのバッシングに加勢し、敬介の音楽活動に対してまで酷評した。ただ、彼らの言動は誰が見ても、敬介の才能への「ねたみ」と自らの地位の保身策にしか見えなかったことはいうまでもない。

バッシングに全く不慣れであった敬介は「僕は家族と平穏な生活を続けていたいだけなんだ。来るんじゃなかった」と自分の研究活動が前途多難であることに大きな不安を覚えるのであった。

《繭子とさっきまで話していたテーブルのキャンドルの火が消される。ろうの匂いが漂う薄暗い部屋の中に、獣のような目がぎらっと光っては消える。敬介はペンをとって斜め上を見上げて空想を始める。その空想の中で譜面が表れる。音符がすべて前後でつながり一本のひも状になる、それがパイをこねるような幾何学模様に成長していく。それは実際にパイをこねている白い手と重なる。そのパイの一部を近寄ってきた子どもがいたずらをして引っぱり形を変えてしまう。パイはまた一本のひもの束へと戻り、それがさらに一本の波の振動へと引き延ばされ、音符へと戻っていく。そして敬介の脳の神経回路に吸収され、敬介はまだ薄暗い部屋の空間に、まるで何かが見えるかのように恍惚《こうこつ》の表情をして見上げている。そして突然それを書き写すかのように、紙に彼独特の幾何学模様の楽譜を描き始める。その模様は象形文字のようにも見えるし、音符のようにも見えるし、あるいは星座のようにも見えた。ペンを動かしている時はいつも繭子の前で見せるあたたかな表情とは違い、雄の野獣のような目をして、また誰かに操られているかのように作曲に没頭している。敬介の周りには多くの霊体のような光や雲が取り巻き、壁に取り付いている木製のカッコウ時計の扉は、敬介の放つエネルギーでがたがたと震えているのであった》

それぞれの役割

世界科学者連合の代表が敬介に言った。

「敬介さん、あなたをバッシングしている外部の一部の人は、この業界では混乱屋として知られた人達ばかりです。彼らは想像力が足らないばかりに、目先の不整合性ばかり気になってあなたの研究の本質が見えていないんですよ。あなたは全く気にする必要はありません。あなたの独創性を見抜いている学者達は、皆絶賛していますよ。あなたの作品を酷評していた音大の教授も、あなたに嫉妬しているだけです。音楽の世界も外見は楽しそうな業界のように見えますが、やはりどこの業界にも似たような人がいるものですね。

ところで私は、日本から送られてきたあなたの作品を試聴させていただいたのですが、その曲には大変心が癒されました。あなたはあの曲を、音楽教育をまったく必要とせずに作られたということですが、私には到底信じられません。あなたの音楽にはなんともいえない情景が浮かびます。実はこの世界科学者連合の研究者達も研究活動のみならず、他にもすごい才能を持ちあわせている人達がほとんどです。またその才能も、各種業界で注目されている人ばかりです。音楽業界の中にもいわゆるアーティストと呼んでもらえる一握りの輝く人がいるように、この世界科学者連合では研究業界のアーティストと言える人達だけが集められているんです。通常ほとんどの研究者は創造者である必要は全くなく、あくまで生業として従属的に研究人生を終えることがほとんどです。定期的に論文を提出していれば生活も安泰です。もちろんこれも立派な仕事だと思います。しかし、そのような人はここへは決して招かれません。ここへ招かれる人達は、すべてにおいて著作物レベルの非常に高度な創造性を生み出せる人だけです。そして、あなたの研究は世界科学者連合が最重要研究として認定した最高レベルの研究です。どうか外部の挑発的な言動など気になさらず、リラックスして研究の王道を貫いてください。研究環境も可能な限りのことをさせていただいています。もしなにか不足がありましたらいつでも言ってください。

敬介は静かにつぶやいた。

「研究の王道か……。良い言葉だな」

《暗い部屋、ベッドで眠っている敬介。静かな寝息がだんだんと激しい寝息に変化し始める。敬介の眼球が痙攣《けいれん》しているのがわかる。そして敬介の脳の中が透けて見え始める。脳細胞同士が、無数の光の流れによって通信しているようだ。ペルシャ絨毯《じゅうたん》のように複雑に織り込まれた眩《まばゆ》い神経回路はマクロな視点まで広げて見ると、まるで宇宙の雲のように脳内の隅々へと広がっている。その宇宙の雲に3次元座標が突如として現れ、そこにアトラクターと呼ばれる立体的な幾何学模様が浮かび上がった。それは螺旋状の物体と、その螺旋に直行すべくラック歯車のようにかみ合った螺旋形状をしている。この2つの螺旋は光の束で作られた鎖のように8の字を描いており、それぞれの接触する部分ではプラズマ放電のような青白い光を断続的に放っている。これは次元の異なる世界がこの部分でつながっていることを意味しており、空間を歪《ゆが》めるブラックホールの入り口のようにも見える。そしてこの8の字の物体はさらに隣り合う8の字の物体へ数珠つなぎとなって最終的にはメビウスの輪のように無限の周回軌道を描いていた。敬介はその様子を見て安心するかのように呼吸をゆっくりと戻すのであった》

愛の基本メカニズム

　輝かしい朝、敬介が朝食を作っている。トマトにベーコンを巻き付けてオリーブオイルをかけてオーブンで焼いている。かすかなガーリックの香りが漂っている。敬介はオーブンからトマトを取り出し、テーブルに置くと、洗濯を終えた繭子が戻ってくる。

「今日はとてもいい天気だわ。あら、おいしそうね」

「この料理は昨日夢で見たんだよ。バイキング形式のところで評判の料理だったんだ。そこでみんなで取り合いになって、目が覚めた瞬間に食べたいと思ったんだよね」

「いつも敬介さんはリアルな夢を見るわね。料理のレシピまで見るとはね。ジューシーでとってもおいしいわ。ベーコンエッグじゃなくてベーコントマトね」

「どうしてたまにリアルな夢を見るのかは自分でも不思議なんだよ。脳の仕業だと思うんだけど、何か意味があるとは思うんだ。閃きとまではいかないけど、現実ではありえない世界を次々と見たりするんだよ。眠っているときだけ行くことができるかなりリアルな世界があるんだ。夢に見る世界も現実と同じくらいの広さがあって、いつもその世界を旅している気分なんだよね。その世界はこちらの世界とは全く違っていて、向こうの世界でいつも僕はとんでもないアイデアを思い浮かべることがあるんだ。そうそう、昔、僕がＵＦＯのエンジンを思いついたことがあったのを憶えてる?」

「憶えてるわ、あの時もそういえば朝だったわね。重合によって重力をキャンセルするとか、コリオリの力で電子を放出させて進むイオンエンジンとか……あれから私は理系でもないのにかなり詳しくなったわ」

「あの頃から僕達も会話の内容がだいぶ変わってきた気がする。それまでは単に楽しいというだけでお金や時間を浪費していたけど、安易なエンターテイメントよりも会話や思考が楽しいと気付いたのはあの時だった。それ以来、ずっとこんな感じで毎日がエンターテイメントになったんだね」


「そうね、その中でも特に『愛』というテーマが多かったわね」

「愛は抽象的にしか解っていないと、口にすることさえ恥ずかしくなるよね。理解が進むとそれがそうでもなくなる。今思うと、結婚する前の僕は『愛』というものが何なのか、あまり深く考えたことがなかった。でも、君と『愛』の存在をただ確認しあうだけじゃなくて、それが一体何であるのかを多面的に解き明かしてきたように思えるんだよ。それを繰り返してきたことでその副産物として心が徐々に成長してこられたと思っているんだ。この成長がなかったら、おそらく僕はあの数式に書かれていた『愛の原型』に気がつくことができなかったと思う。だからこれまで君と愛について理解を深めてきた行動は、僕が『愛の原型』に出合うための必然的なものだったと思えるんだ。そしてこの発見によってさらにその先のもっと重要な発見が可能になったんだ」

藺子は身を乗り出し敬介に語りかける。

「『愛の原型』の話だけでも、すごく興味が湧いてくるけど、さらにまだあるの？」

「そう、その発見をきっかけにこの宇宙を創造した数式を発見してしまった。この世の基本メカニズムだよ」

「基本メカニズム？」

「数式だけどね」

「そのメカニズムが私達を作ってきたの？」

「その通りだよ」

「少し怖い気がするわ」

「僕も見つけてはいけないものを見つけてしまった気がしている。まだ興奮がさめない状況なんだ。もしかしてこれを見つけたからには、何らかの使命を持たされているんじゃないかとまで思ってしまうんだ」

「その発見は世の中のためになる方向に使うようにしなくてはいけないかもね」

「わかっているよ。この数式は何か僕達に語りかけている気がするんだ。たとえば１つの見方なんだけど、愛が正しく動作すると進化が継続的に行われるということを僕達に教えてくれるんだ」

愛に守られる研究者

敬介へのバッシングは一部のメディアが煽《あお》り立て、さらにエスカレートしていった。その被害は敬介の家族にまで及んでいた。敬介の子ども達はテレビやネット上で、父がインチキ科学者だとか、インチキ作曲家だとか言われるたびに、いやな思いをさせられていた。しかし妻の藺子は敬介のやっていることがいかに重要であることかを子ども達に説明した。その甲斐あってようやく子ども達は父の仕事を理解し、やがて誇らしく思うようになっていた。そして藺子は動画通信で敬介に家族の状況を報告し、敬介もそれを毎日楽しみにしていた。たまにはすれ違いもあり、些細なことでの口論もあった。しかし、どのような状況でも、二人はお互いを思いやる努力を怠らず、笑顔を絶やさない温かい家庭を築き続けていたのである。

敬介の心の中には、いつもこの温かい家庭が基盤にあるので当たり前の安心感がある。そしてこれに加えて研究施設内での本能を逆手にとった特別過ぎる環境が彼の創造性を１２０パーセント発揮させていく。もちろんこれには繭子の敬介に対する愛と信頼があってのことだった。

繭子は、子どもの頃から好奇心旺盛な女性であったが、だからこそ敬介と知的好奇心を満たせる日常がたまらなく好きだった。さらに、敬介の習性については誰よりも熟知し、敬介に起こるすべてのことを、必然的なものとして受け入れることができる女性であった。そんな繭子だからこそ、敬介の愛は、彼女から全く離れることはなかったのである。

毎日会話を楽しむ彼らだが、子育てが一段落した頃になると、自分達の生きる意味や使命感についての話で盛り上がることが多くなった。そしてこれからの自分達の使命について何度も話しあった。その結果、世界の人びとが忘れつつある「大切なこと」を気づかせる必要性があることを悟り合ったのである。敬介はこれまでの自分の研究が世の中を救う研究であることを確信し、さらにその内容に磨きをかけていく。一方、繭子は法学に興味をもちはじめ、立場の弱い人を救うことができたらと少しずつ勉強を始めた。そして彼らはいつしか誰かを助けるために必要ならば、お互いの生活は別居でも致し方ないと考え始めていた。

飴色《あめいろ》の部屋では、古いカッコウ時計が午前1時の時報を告げる。時計のドアが開いてカッコウの人形が飛び出すと同時に小さな家蜘蛛《いえぐも》がバンジージャンプするように飛び出した。この家蜘蛛はこの時計の内部に住み着いて、とても頭が良く、いつも午前1時になると時報とともにドアが開くことを知っている。そして2時間ほど活動したあと、午前3時の時報でカッコウが扉を開けて出てくると同時に時計の内部に戻っていくのである。家蜘蛛はとりあえず出てきた時はまるで深呼吸をするかのように気持ち良さそうに時計にぶら下がり、いつもの敬介と繭子の会話をまるで理解しているかのように見つめている。そしてそのリラックスした体はキャンドルの光で金色に輝いている……。

愛の進化

繭子は敬介の発見の虜になっているようである。

「その『愛』の数はどういう数なの？」

「1つの数値ではなく、一定範囲内で表せる数値だよ。その範囲の数値が与えられた時には、とても不思議な現象が発生するんだ。極端に言うと空気から動物が作り出されるようなイメージかな。もちろんこんな錬金術みたいなことがすぐ起こるわけじゃないけど、そのような方向へ向かう作用を生じるってことなんだ。ちなみに『カオス』っていう言葉を聞いたことがあるよね？」

「知っているわ。前に説明してくれたわね。辞書では混沌と説明されているけど、実はそうではないって言ってたわね」

「そう、混沌とは完全にランダムってことで秩序がないってことだけど、カオスはちゃんと秩序があるんだ。一見ランダムのように見えるけども実はそこにちゃんと秩序が備わっているものがカオスだよ」

「たしか、無秩序の中に秩序を見い出す。それが白川敬介の仕事！　って言ってたわね」

「この世の中の状態が進化へ向かう時に最初に起こるゆらぎの現象、それがカオスなんだ。そしてその現象が連鎖することで錬金術のような働きをする。途方もない年月を経て最終的には僕達人間まで進化させてしまったんだ。つまりカオスは生命の根源ともいえる現象だよ」

「無機質なものを有機的に変えることもできるって言ってたわね」

「そう。カオスによって無機性をもった状態から有機性が生まれてくる現象が発生するんだ。ちなみに僕が言っている有機性は、芸術などでこの作品は有機的だねっていう意味に近い有機性だよ。生命感をどこかに感じるような現象が発生している状態を、有機性を生みだす状態と僕は呼んでいるんだ。これに対して生命感を感じない状態を無機性って呼んでいる。これは

『進化』の最も単純な姿でもあると言える。しかし単純に『愛』の数値があるだけじゃこの進化は始まらない。それが起こるにはいくつかの条件をそれぞれうまく揃えてあげる必要があるんだ」

「揃えるって、誰がその条件を揃えるの？」

「神様みたいなもんかな？　そこは僕にはまだわからない」

「じゃあ、そのいくつかの条件って何なの？」

「まずは、『有限』という概念、つまり許容される空間が限られているという条件だ。わかりやすく言うと、人間だったら今の地球だよね。もし空間が無限大だったとすると『愛』は必要なくなるし、おそらく進化という現象も発生しなかっただろうと思われる」

「それってお金があり過ぎる環境に『愛』がなくなっていく現象と同じじゃね」

「そう、君のようにお金持ちの家での特異な問題を経験しつつ育った人には一瞬にして理解できるでしょ。人間がここまで進化するには、『有限』という概念はなくてはならないものだった。今言ったお金を自分の所有する土地や資源に変えてみてもわかりやすいよ。たとえば土地が無限大にあれば、誰でも自分の主張する範囲を好きに広げても問題ないよね。狭い範囲でみんなとうまくやっていくために気を配る必要もない。すなわち『愛』は必要はないんだよ。でも土地が有限であると解った瞬間に他へ譲り合うような姿勢つまり『愛』が必要になってくるんだ。さらに、この『愛』の係数は大き過ぎると『エゴ』になるし、小さ過ぎると『無関心』になってしまうんだけど、うまく一定の範囲の数値に納まっている時だけカオス状態が発生して有機性を創り出す方向へと『進化』を進めていくんだ」

「もし土地やお金がいくらでもあったなら、人間は他の人と苦労までしてうまくやろうなんて思わないわよね。そんな環境にいたら気遣いの心も忘れて人間的成長はできなくなるでしょう。でも限りがあるんだと解ってしまうと、一所懸命頭を使うようになるわね。そういう意味では生まれながらに何もかも手にしている既得権益者だと成長も阻まれやすいってことになるのかもしれないわ」

「人間でいうとそうかもね。今はあくまでもっと原始的な話をしているんだけど、積極的に有限という課題を与えたならあらゆる万物は進化するようにこの世の中はできているってことだよ」

「その進化はいずれ知的生物を生むのね」

「そうなんだ。これは僕が発見した数式に皆、記述されているんだよ」

「まるで、神さまが愛を使って世界を進化させている感じね」

「そう、相変わらず繭子は鋭いところに気がつくね」

藺子はキャンドルの光のせいか、大文字《だいもんじ》の日に執り行われる蝋燭能《ろうそくのう》の舞を見ているかのように、微笑んでいるようにも悲しんでいるようにも見える複雑な表情を浮かべていた。

礼子

目が大きくて背の高い美しい女性が目を閉じている。その女性の眼球がゆっくりと動いている。彼女の脳内に光輝く信号が行き来しているのが見える。そして彼女の脳内の視覚野というところにx軸、y軸、z軸で作られる3次元の座標が現れ、その空間内に映像が浮かび上がる。その映像はこちらに近づいてくる敬介の映像である。すると老婆のようなかすれた声がどこからか聴こえてくる。

「礼子！　今歩いてくる人はあなたの生き鏡だよ。性別は違うけどあなたと深いところでつながっているんだよ。その人とあなたとはすばらしいハーモナイゼーションを生むでしょう……」

世界科学者連合には敬介以外にも生粋の研究者達が在籍し、それぞれに適した環境が与えられ研究に没頭していた。日本人は敬介以外に日本画家でもある礼子が在籍していた。画家としての彼女はすでに世界で数々の芸術賞を受賞しており、作り出される作品は芸術の領域を超越し、人の心をえぐりとるほどの妖気を醸し出していた。

さらに彼女は幼少の頃から霊感にも似た能力も兼ね備えていて、最近になって自らの特殊能力をカミングアウトし、自分自身を研究することを始めていた。彼女は自分の絵を用いて人の心をコントロールする能力を持っていた。しかしなぜそんなことができるのかは自分でもわからなかった。そんな彼女はこの自分自身の不思議な力を突き止めるために研究を進めていたのである。そしてこの研究テーマは、実は敬介の研究テーマと方向性がとても似ていて、敬介は音だったのに対して、彼女は映像を用いるという点が違っていた。

日本では多くのメディアが彼女に注目していたが、世界科学者連合が彼女自身の能力に注目し、最高の環境で創作と研究を行うことができるよう招致していた。

しかし、彼女自身は一定の研究期間を経て暗礁に乗り上げていた。今まで自然科学で考えられるあらゆる解析手法を試したが、いっこうに自分の描いた絵が持つ不思議な力を抽出することはできなかった。そんな中、彼女は自分の研究テーマと似ている研究者が日本からやってくることをスタッフから知らされ、かなり興味を持っていた。そして先ほどの自分の霊感を用いて敬介のイメージを浮かび上がらせ、この人が自分の研究課題を解決してくれると確信し、会える日を待ち望んでいたのである。

強酸性の巨大プールの中に浮かぶ葡萄の房の中に礼子の研究室も独立して配置されている。礼子は自分の研究室に足音が近づくのを感じた。彼女の研究室は自身の本能のままに作られた環境が見られないように、入り口の部屋だけはノーマルな部屋に作られている。彼女は奥への研究室への扉を閉め、さらにその研究室から漏れてくる音を消音装置を用いて消音した。その直後に研究室のチャイムが鳴りドアモニターには代表と敬介が映し出された。

代表が微笑みながら礼子の顔を見て

「こんにちは礼子さん、敬介さんをお連れしました。ここでの概要は私の方でほぼ説明してあります。私はここで失礼いたしますが、後はよろしくお願いします」

代表は二人に微笑んだあと、立ち去った。礼子は敬介を研究室に招き入れた。

「はじめまして、敬介さん」

「はじめまして、礼子さん」

「あなたと会えて光栄です。1年前から敬介さんと会えるのを楽しみにしていました」

「そんなに前から僕のことをご存知だったなんて、とても光栄です」

「世界科学者連合はあなたの研究をずっと追跡していたんですよ。あなたが『アトラクター逆変換理論』を特許出願した直後からです。あれから、あなたの発明について多くの科学者達が検証し、私もその一員に加わっていました。あなたの特許文献を読んだ時は感動しましたよ。研究者にもアーティストレベルな人がいるんだなとつくづく驚きました。『アトラクター逆変換理論』については心が躍らされています。あなたの理論は私の研究にはなくてはならないと確信しているんです」

「そうだったんですか。礼子さんの研究活動のお役に立てれば幸いです。ところで日本人は礼子さんだけだそうですね」

「そういえばそうでしたね。ここには本当にいろんな方がいらっしゃいますよ。地球人じゃないと思える人もたくさん」

「そうでしょうね。何となくここがテーマパークのように思えてしまいます」

「ここの研究者達は研究にすべてを注ぐなどという人は一人もいません。他業界の分野でもプロフェッショナルな方ばかりです」

「はい、先ほど代表からそのことをお伺いしました。あなたの絵を芸術雑誌やテレビなどで見かけるたびにつくづく才能のある人だなと思っていました。そしてあなたの絵に特別な信号が織り込まれていることにも大変興味を持っています」

「私の絵を気に入ってくださって嬉しいです」

「あなたの作品はこれからもずっと、それを見た人に強く影響を与えていくでしょう。僕にはそれらがあなたの熟成した精神の噴出物として感じられます。そしてその噴出を行ったあなた自身にも興味を持っています」

「私も私自身が一体何者であるかに興味があります。私は絵で自分のすべてをさらけだそうとしてきました。しかし絵でどんなにそれを表現しても、拭えないコンプレックスが残っています。そのコンプレックスは性差であったり、生活レベルであったり、言い尽くせないものであったりします。今までそれを克服するために様々な学問を積極的に学びました。そしてすべてを原動力にして絵画というものに変えています。これを描くことによって私の奥にあるものを他の人に見てもらえるという救われるような感覚があるんです。私の勘違いかもしれませんが、コンプレックスの組成が変化するんです」

　敬介は礼子が差し出したコーヒーを一口飲んでうなずいた。

「コンプレックスの組成、とてもよくわかります。言葉では表現し難い変化が起こっているんですね。あなたは今まで本当によくがんばってこられましたね。あなたが自分自身を保ちながらここまで生きてきてくれたことはとても意味のあることだと感じました。是非僕の研究に力を貸してください」

「もちろんです。私のすべきことがあればなんでも言ってください」

「ありがとう。通常人は言葉だけでお互いのすべてを理解するには無理がありますよね。言葉は脳内のイメージを抽象化し、符号化して伝えているだけですからね。これに対してあなたの絵には言葉でのコミュニケーションを遥かに超えるような貴重なデータが含まれているようです。あなたは、絵を描く時は自らの箍《たが》をはずしたと思われます。その時あなたの脳内に発生した特別な信号は、あなたの絵に織り込まれたのでしょう。私が知る限り、今まであなたが描いた絵にはどれもそのデータが沢山含まれているように思えてなりません。だからそれを排出したあなた自身も貴重なサンプルと言えるでしょう。多くの芸術家が一生かかってどんなに表現技術を学習したとしても、あなたのように完全な形で絵の中にデータを織り込むことはできないでしょう」

「私の箍をはずしたときのデータが入っているということですか？」

「そうです」

「それを敬介さんに見られてしまうということですか？」

「困ってしまいましたか？」

「それは私の真の姿を見せるようなものですね」

「裸を見せることよりも恥ずかしいかもしれませんね」

「わかりました、敬介さんなら構いません」

「さすが礼子さん、感謝いたします。データの取得先はすべて匿名にしていますので、僕以外にあなたのデータであることは誰にもわかりませんから安心してください」

「私も表現者ですから、大丈夫です。でもやっぱり見られる前に心の準備が必要かもしれません」

「唐突な質問で恐縮ですが、人が大切なことを決断する時に必要なものって何だと思いますか？」

「お酒ですか？」

「答えも唐突かもしれませんが、それは『愛』です」

「確かにあると勇気が出てきます。今は必要な時なのかも知れませんね」

「愛は自分の欲望を抑えて、相手の気持ちを優先することです。その姿勢は深い信頼を生みます。信頼関係が築ければ、自信と勇気が沸き上がってくるんです。そして二人の関係は進化・成長してゆきます」

「愛の話は限られた人としかできませんよね。あなたとは何の障壁もなく話せて癒される気がしました」

「僕はあなたの真の姿が何であっても、それを受け入れます。それがなぜだかは、お解りですね？」

「はい、承知しています。ありがとう。お酒はその場をごまかすだけね。でも少し飲みたい気分になってきました」

二人はお互いの顔を見つめ合い、まるで自分自身に出会ったかのように微笑み合った。

《その瞬間、二人は裸になり、皮膚は消え筋肉も消え、神経だけの集合体となる。脳と脊椎神経の間に無数の光が行き来している。二人の目、舌、チャクラに相当する部分、脊髄の下端部などから光の粒が束となって不安定に脈動しながら噴出している。そして二人の噴出部分は相手の同じ噴出部分を探し当て、お互いのその部分をいたわるように接続する。接続した部分では脈動は一定リズムに安定し始め光の漏れは少なくなる。まだ結合できない部分もやがて相手の接続部分を探し当てると、先に結合した部分と同じリズムで脈動を始める。二人の神経はまるで、接続されることが前提であったかのように一体となり、ループ状の光の束となって脈動している。そしてその脈動がゆっくりと納まると漏れ出していた光も弱々しくなった。一体となった神経回路は次々と接続部分を切り離し始める。切り離される時にはその部分は少しだけ痙攣しその痙攣が全体の神経回路を一瞬だけ脈動させる。そして切り離される部分からはわずかな光の粒が流れ落ちる。すべての神経回路は切り離され、それらを包み込むように筋肉がつき、皮がつき、衣服に覆われた二人は見つめ合った状態で向かい合って立っていた》

礼子は想像していた。礼子が纏《まと》う何層にも重ねられた十二単のような衣服を敬介が1枚ずつ剥いでいく。礼子の体の各部分には電極が取り付けられ、生体信号と声が敬介の装置でモニターされている。布が1枚剥がされていくたびに、緊張度合いが増す。礼子はその緊張を利用して自分の箍を外していく。そして敬介の目を見つめたあとゆっくりと目を閉じる。そして最後の1枚が剥がされたとき、そこには礼子の裸体はなく、体の形をした神経回路が機関車のように一定のリズムで収縮を繰り返していた。そして体表の神経密度が高い部分からは光のエネルギーが脈動するように放出している。その姿は人間もエネルギーの固まりであり、データを享受する装置でもあることを見せつけてくれる。

強酸の中のオアシス

敬介の研究室へ礼子が向かっている。それはとても楽しそうで、今から恋人とデートにでも出かけるようであった。その途中で礼子は木の枝の上にいる小鳥のつがいに気がつく。小鳥達はまるで会話をしているようにさえずっていた。そのさえずりの音そのものに礼子は鮮やかな虹色の色彩を感じるのであった。礼子は敬介の研究棟の真っ白な入り口付近で止まった。すると継ぎ目のない壁から扉が現れた。礼子はそこを通過しロビーへと入って行く。ロビーからはとてつもなく巨大な強酸性のプールと、葡萄の房のように浮かぶ研究室を眺めることができる。

礼子はエレベーターに乗り換えて巨大水槽の中間あたりの深さのところで降りた。水槽の上からは光が差し込んでいて、まるで巨大な水族館を見ているような光景である。しかしそこには魚の代わりに研究室が浮かんでいる。礼子は水槽に歩みよると、水槽内の一つの研究室から大きなホース状の物体が膨らみながら生えてきて、礼子の前のガラスの部分に吸盤のように張り付いたかと思うと、その部分のガラスが開口して入り口ができた。礼子はその中に入っていくと、その開口部は自然に封鎖され、ホースも短くなって研究室に格納された。

白いドアの前に立ってノックしようとすると、なにやら女性のよがり声が聴こえてくるではないか。もう一度耳を澄まして見るとやはり女性の歓喜に浸る声が聴こえてくる。礼子は怒りの表情に変わり、引き返そうとしたときにセンサーが感知して自動ドアが開いてしまった。するとそこには一人でモニターの前に座る敬介の姿があった。彼は、女性の声の「快楽作用」を抽出している最中だったのである。敬介は礼子が急にドアを開けたのでびっくりして目を丸くしている。

礼子も敬介の姿を見て、彼の行っている作業がなんであるかすぐにわかった。

「驚かせてごめんなさい、女性の声がしていたから、私冷静でなくなってしまって……」

「いえいえ、君がやって来ると知りながら直前まで仕事をしていた僕が悪かったよ。まあ座ってお茶でも」

敬介の研究室は革張りの大きな椅子と焦げ茶色の大きな机、そして部屋の内面はすべてベルベット地の音を吸収するやわらかな素材で作られていた。机の前にはパンパスグラスという巨大なススキが金色にペイントされて飾られていて天井には様々なシャンデリアが飾られている。茶色の木目を基調とする家具は深緑色のベルベット地のクッションで覆われており、さらに泡状のやわらかな金具で外から包み込むように壁に固定されている。

礼子は敬介の部屋を不思議そうに眺めて言った。

「部屋はかなり特殊な構造なのね」

「そうだよ。僕の趣味も入っているけどね。この空間は胎内をイメージしているんだ。ちょうど強酸性の羊水にも浮かんでいることだしね」

「男の人だからこういう環境が落ち着くのね」

助手が飲みものを持ってくる。そのロボットはそのグラマーな体を隠すかのように黒のぱりっとしたスーツを着ている。

ロボットはロボットらしからぬ本物の女性のように礼子に話しかける。

「いらっしゃいませ、礼子さん。ゆっくりしていってくださいね」

「ありがとう」

礼子はそのロボットが立ち去るとその後ろ姿を食い入るように見つめている。

「助手にはフォーマルな格好をさせているのね」

「研究に集中できないからね。でもあれでも集中できないけどね」

「うまく自分の感情をコントロールしているのね」

「あんな堅苦しい格好をさせているのは仕事中だけだよ。創作の時間になれば箍を外さなければならないからね」

「それは私も同じよ。そのときだけは恥じらいも名誉もなにもかも忘れないとだめなの」

「そうだね。こればっかりは、あまり人に見られたくないね。世界科学者連合はそのへんを本当によくわかっていてくれてありがたいよ。それに助手はロボットだというところが気を使わなくてとても楽だ」

「本当ね。あまりにでき過ぎた環境を見て、私も最初はびっくりしたの。それに前にいた大学の職場のような人間関係の煩わしさは一切ないし、仕事が怖いくらいスムーズに進むわ」

「でも君は、その環境でもまだ満足できていないでしょう？」

「どうしてそう思うの？」

「君は非常に知能が高そうに見えるからさ。頭のよい女性は自らの快感も非常に高いものを求める傾向にあるからね」

「それはそれは。確かに私は完璧を求め過ぎかもしれないわ。あとやっぱりロボットだからなのかも」

「ロボットは君の理想通りに作られているわけだから、君にとっては完璧なんだよ。君とロボットの間には完璧な『縁』が最初からできているんだ。ところが『縁』というものは最初は不完全な状態から始まって、完璧な関係ができあがると今度は消滅するようになっているんだ。人間同士でも同じだよ。最初は興味で縁が結ばれたとしてもやがて離ればなれになる運命を背負っている」

「それは、絵が完成したと同時に自分の作品への興味が薄れることと似ているわ」

「僕も同じだ。作品を作った後はもう次のことを考えていて、自分の作品にはたいした執着がなくなっているんだ」

「不完全な縁は自分を動かす原動力になる気がするわ。私はそれを完全にするために筆を動かしてきたのだと思うの。そう思うと縁はとても大切ね。こうやってあなたと出会えたことも縁の1つなのよね」

「出会いはお互いの人生を良かれ悪しかれ変化させる。そして出会いには必ずある目的があるってことだ。その目的を達成させることができたら、その後は別れも自動的に訪れるようになっている。これはお互いの目的を達成させるために必然的に生じる現象だよ。僕は人間は出会いと別れの意味をもっと深く知って、自分の人生をもっと有意義に過ごしてほしいと思っているんだ」

「出会いはとてもわくわくする、別れは悲しい。どちらも目的を達成するため意味がある」

「そしてその目的は注意深く自分の人生を見つめていると、だんだん見えてくる」

「私の目的は絵を描いて……」

敬介は急に首を横に振った。

「絵が君にとって大切なのはもうわかっている。それも1つの目的だ。でももっと大きな目的があるんだ」

「もっと大きな目的？　それは芸術活動の範疇《はんちゅう》でかしら？」

「すでにもう君は実行しているんだけどね。でも気がついていないだけ。君ならきっとわかるよ。それがわかった時に君はさらに大きく進化することになる」

「そうなの？　それは楽しみだわ。敬介さんとの会話はなんだか幸せな気持ちになるわね」

「それは良かった」

「この前もそうだったけど、何か癒された気がするの」

「そうかい。だったらいつでもお話するよ」

「でもあなたはもっと多くの人びとを癒す必要があるわ」

「そうなんだ。言葉で人を癒すには、理想的には一対一で話を良く聞いて、相手の気持ちをわかってあげる必要がある。なかなかこれじゃ効率が悪くて多くの人を助けることはできない。でもこれを言葉でなく音の成分で伝えることができれば、多くの人を癒すことも可能になってくるんだ。さっき僕が『快感作用』を抽出していたのはそのためなんだよ。あの声に含まれる成分はとても興味深いものがある。女性が全身のエネルギーを集中させて快感を波形に織り込んで表現している特別な声なんだ。分析しなくてもわかるけどね」

「あの声はやっぱり強烈よ」

「だからこそ『快感作用』はすごいものが抽出できる」

「私は映像中心の人間だけど、あなたは音楽家だけあってやっぱり音にとても敏感なのね。あなたの『人を幸せな気持ちにする音声信号の作成』って幸せじゃない人に幸せを感じさせるためなの？」

「いやそうじゃない、最大の目的は戦場で兵士に特別な音を聴かせて戦意を喪失させることなんだ。司令官ともどもね。僕が開発した銃から出た音波が敵に命中すると、当たった波形が兵士の脳神経回路に作用して強烈な快感をもたらし、とても幸せな気持ちになり完全に戦意を喪失させるんだ。当たっても痛くない銃だからいいでしょう？　是非平和利用してほしいと思うんだ」

「この世の中から戦争がなくなってほしいと私もずっと思ってた。あなたのアトラクター逆変換理論は素晴らしいわ」

「この技術は、その他にもいろんな利用の仕方が考えられるんだ。たとえば自分の快楽をキープしておいて、好きな時にいつでも脳内へ戻して再生することができる。また、他人の快楽をコピーさせてもらって自分で味わうこともできるんだ」

「自分の快楽が自分のものだけでなくなるのね。そして他人の快楽も感じることができるようになるってこと？」

「そうだよ。たとえば君の快楽がどんなものなのか僕も感じることができるんだ。気持ちよさの共有だね」

「私の快楽をあなたも感じることができるなんて、何とも複雑な気持ちになるわ」

「本来はとてもプライベートなものだからね」

「その機械があれば手軽に快楽が得られるというところが麻薬に似ているわね」

「そうなんだ。一人だけでそれも非常にクオリティの高い快楽を得ることができてしまうからね。使い方を誤ると麻薬と同じようにやめられなくなる。この快楽なしでは生きていけなくなるんだ。そして限度を超えると脳の神経回路は破壊する危険性もある」

「世界科学者連合がこの技術の悪用を恐れて最高機密に指定しているのがよくわかるわ」

「うん、でもこのやり過ぎ感をうまくコントロールすることで、脳に有用な回路を定着させることもわかってきているよ。脳の欲求を適度にじらして、欲求度合いを高めた後に、植え付けたい回路プログラムを耳から一気に入力するんだ。敏感になっている脳はものすごい吸収力をもっているからね」

「じらすことを利用するのね。欲求は我慢すればするほど大きくふくらむものね。私が絵を描く時もそんな精神状態に近いかもしれないわ。その時は周りの物が見えなくなっているの。全身に鳥肌が立つような感覚になるの。快感によって内圧が最高潮に達した時には筆を通して私の感じているものが絵に乗り移っていく気がするの」

「加速度を変化させる加々速度っていうものが人間の精神作用に密接に関係しているんだ。これによって精神状態を停止から爆発状態まで制御することができるんだ」

「精神の爆発っていろいろあると思うけど」

「たとえば、よく笑うことをこらえると笑いが心の中で圧縮されるときってあるでしょ？　くすぐったりするのもこらえると、もっとくすぐったくなるよね。この状態は脳内に入った刺激が増幅されている状態なんだよ。増幅した後に笑うきっかけを作ってあげると精神は爆発状態になる。たとえば人を笑わせる職業の人なんかはうまくこの技術を使っているよ。僕が今作ろうとしているシナプストレーナーという脳のトレーニングマシンは、あらかじめこの増幅処理を行った音を使うから被験者が効率良くトレーニングできるんだ」

「1つ聞いていい？」礼子が改まった様子で敬介を見つめた。

「なんだい？」

「たとえば人が死ぬ時アトラクターが採取できれば、誰でも死ぬ時の気持ちが体験できるの？」

「できるよ」

「……」

縁の意味

敬介と繭子が身振り手振りを織り交ぜて話している。

「その世の中を創りだしたと思われる数式は、まさに宇宙の設計図なんだよ。これを聞くととても壮大な話だし難解に思うかもしれないけど、引き算とかけ算さえ知っていれば誰でも理解ができるレベルだから是非親しみをもって聞いてほしい。この数式を眺めているとね、そのメカニズムを動作させるために必要な条件が見えてくるんだ」

「それって宇宙のルールみたいなものなのね」

「これだけの条件が整わないと、今までの進化はなかったと思われる最低のルールだね。そしてそれは4つあるんだ。以前に『有限』の必要性について話したよね。そして『愛』との関係についても話した。でもまだこれだけではメカニズムを動作させることはできないんだ。つまり第3の条件として『縁』が必要なんだ」

「それは引き合うってこと?」

「引き合ってくっついても良いし、干渉し合っても良い。影響を与えるだけでも良い」

「縁が大切なのは人類でもわかるけど、あなたの言っている縁の意味はもっと広い意味なんでしょう?」

「僕が数式から学んだ『縁』はもっと原始的なところからだよ。素粒子レベルでも、原子や細胞レベルでも何でもいい」

「細胞とか遺伝子の結合にも似てる気がするわ」

「そう、基本的には素粒子でも人間でもどのレベルでも1つのメカニズムを基本にできあがっているから、『縁』の動作そのものも似たものとなっているんだ。自分のまわりをよく観察して見ると、『縁』がいたるところに存在していて、どれだけ大切かわかるよね」

「人間の世界でも出会いが大切よね。縁あって出会うっていうものね」

「僕が言っている縁とは『出会う』ことだけじゃないんだ。『別れる』という意味も含まれているんだよ。すべての物は縁があって出会い、縁があって別れていくんだ。この動作を『縁』と言っているんだ」

「影響を及ぼし合うことが縁なのね。及ぼし合うことによってなにかが変わるのよね。とても重要なことだって思えるわ」

礼子の研究

世界中の美術館から礼子の絵が運び出されている。これらの絵は礼子の研究のために世界科学者連合へ配送されていくのだ。集められた絵は多次元スキャナーで高精度の電子データに変換されていく。礼子は地下の巨大倉庫に保管されている自分の絵を見てもらうため敬介を案内した。

やがて二人は礼子の絵の前にたどりつく。そして彼女の絵を敬介は天を仰ぐように見つめた。礼子は敬介の顔をのぞき込みその反応を気にしている。敬介は大きく深呼吸をしてから礼子に言った。

「予想通りだ。素晴らしい。こんな感覚は初めてだ。とても純度が高い」

敬介は彼女の絵に高純度の精神作用データが織り込まれていることを感じたのだ。

「私の絵はあなたのお役にたてるかしら？」

「ああ、大いに役立つと思う。今閃いた。君の絵はまず次元変換した後、僕のアトラクター逆変換理論をそのまま用いて解析ができるはずだ」

「すごいわ。じゃあ私の研究テーマが飛躍的に進むってことね。やっぱりあなたはギフテッドね」

嬉しさがこみ上げるような表情で敬介は答える。

「おだてると調子にのっちゃうよ。音の場合は時間とレベルの大きさからできている訳だから、絵の場合はそこに描かれている線の位置や色をこれらに対応させれば良い。君が描いた線の位置、色や明るさを解析すれば、君が絵の中に織り込んだアトラクターが抽出できるだろう」

「その抽出されたアトラクターは、私が絵を描いたときの感覚なわけね」

「そう。少なくとも君がこの絵を描いたときの感覚を抽出することができるだろう。君がすごいのは、この絵を無意識に描画したということだ。君の頭の中は一体どうなってるんだい。まさに神業だね」

「絵を見た人に洗脳されそうだってよく言われるわ」

「君の絵は、見た人に催眠術のようなものをかけることができるんだよ。君の心の中にはおそらく特別な感受性があると思うよ。時々霊が見えると言っていたのも、おそらく弱い『アトラクター感受性』があるからだろう。君は自らの箍を外したときや、感覚を研ぎ澄ましたときに、空中に浮遊している情報を次元変換してイメージとして捉えることができるんだと思う。僕も時々空中から音が聞こえてくることがあるんだけど、その感覚とも似てる気がするんだ。是か否かは別として、かなり特殊な能力だよ」

「自分が人と違うことはわかっていたけど、そのうち科学的に説明できるのかしら？」

「『アトラクター感受性』について、最近はかなり詳しくわかってきているんだ。この世界は実体のある世界だけど、ここは別に異次元の世界というものが存在していることはどうやら間違いない」


「死後の世界みたいなものがあるの？」

「可能性は十分ある。ただし肉体というものは今の現次元から見るとなさそうだ。死後の次元と言った方がよいかもしれない」

「体がないということ、それはなんだか悲しいわ」

「現次元から見るとないだけだよ。異次元へ移動したならば、異次元での認知ができるはずだ。だとすると現次元とほぼ同じ映像を見ることも可能だと考えられる」

「死後の世界があるなら、永遠の生命があるのと同じよね」

「DNAが腐らないってことは知ってるよね。脳はタンパク質でできていて腐るけど、そこに存在した信号そのものは腐らない。たとえ焼却したとしても、厳密に言うと時系列的に焼却されるので、信号は媒体を変えるだけで、空間に対してまったく異なる形で蓄積されることになるんだ。さらにもっと微視的に考えるとこれらを形成している量子同士のもつれ状態まで考える必要があるんだけど、このもつれ状態は全く変化しない。人間が死を迎えたとしても、焼却されたり腐敗したとしても、量子のもつれによる集合といえる各々の精神は異なる次元で生き続けている可能性が高い。これは『量子構造不変の法則』と呼んでいるんだ」

「その仮説を知ると死への恐れがなくなるかもね」

「死ぬという感覚はなくなるかもしれない。『進化する』という感覚に変わる」

「この次元で肉体を使い終わると進化するのね。別の次元で生き続けるってことね」

「ところがだ……これからはこの現次元での肉体を持ちながら進化できそうなんだ。つまり今普通に暮らしている人達に『アトラクター感受性』を植え付けることが可能となりつつあるんだ。生きたままの進化だよ。過去には人間が道具を使い始めた時に起こった知的進化どころではなくて、さらに上のステージに進化する時が来ているんだ」

「生きたまま進化するってことは、生きたまま異次元が見られるってこと？」

「見られるよ。その方法を発見したんだ。そして発見してしまったからには、速やかに進化しなくてはならないこともわかった。これからの進化はメカニズムに強いられるように進んでいくだろう。誰も逆らえないんだ」

「進化しないと人類は滅ぶとでもいうの？」

「進化できなければ技術の進歩が人類の滅亡速度に追いつけず、近いうちに滅ぶことになるだろう」

「でもどうやって人類を進化させればいいの？」

「シナプストレーナーという装置を使うんだ。普通の人は空間と時間だけの世界しか見えていないんだけど、僕がつくったシナプストレーナーを使うと完全な『アトラクター感受性』を身につけることができて、異次元の世界がはっきり見えるようになる。初めて人類は異次元の存在を実感することになるんだ」

「まさか自分が生きている間に、異次元の存在を実感できる日がくるとは思わなかったわ」

「これまで人類は思考という特権を持つことができて、他の動物より優位に立つことができた。この発見をしてしまったことで、進化は必然的に執り行われる人間の宿命で逃げることはできないこともわかった」

「私は今まで自分にしか見らえなかった物の原因がわかってほっとしたわ。私には当たり前のことが他の人にはわかってもらえなくて、とても辛かったの。別の世界はやっぱりあったのね。これからは誰でもそれが見られるようになるんでしょう?」

「それが、誰でもじゃないんだよ。一定の限られた人だけだ。少なくとも現段階の技術では限られた人にしかアトラクター感受性を植え付けることができない」

「お金持ちだけってことかしら?」

「いや、まったくそれは関係ない。その人が進化できるかどうかは、その人の脳を観察すればすぐにわかるんだ。たとえば神経質なくらい繊細で、相手に優しい思考を持ち続けてきた脳は高い確率で進化できる。逆に鈍感でがさつな脳ではまず進化はできない。皮肉なことに、これはどうしようもないことなんだ。動物の中から人間が突出して進化したように、今ホモサピエンスの中からポリサピエンスが突出して進化するんだ。人類の進化が始まると、今後の社会構造は激変してゆくだろう。人種や貧富の差に関係なく、『アトラクター感受性』を手にした人のみが飛び抜けて優秀なため、すべてのイニシアチブをにぎり、新たな社会を作り出すことになるだろう。肉体そのものもそれに応じて変化するとは思うけど、まず思考が進化するんだ。異次元が見えることはもちろん、進化した人達の社会から今の社会を見るとおそらくチンパンジー以下の社会のように見えるに違いない」


「私は進化できるかしら?」

「君はもうしかかっているよ。それも僕の装置なしでね。できる体を持っている」

「敬介さんは?」

「さあ、どうだろう?　どのみち僕がシナプストレーナーの開発者だから、人類すべての進化をしっかり見届け終えるまでは進化しないと決めているんだ」

「沈みかかった船の船長さんみたいね」

「まあこれが僕に課されたミッションですから。ちょっとかっこつけたい感じもあって」

「沈みかかった船じゃなくて、ノアの方舟のようね。いつごろから始まるの？」

「そんなに時間はかからないと思う。シナプストレーナーは、今二人の優秀な技術者が僕の指示のもとで開発しているんだ。おそらく数年とかからないだろう。今後は様々な人に出る影響を考えていかなくてはならない。今の状態だと一部の人達しか進化できないということは格差を生み出すだけだし、本音を言わせてもらうとシナプストレーナーの開発を続行すべきか迷っているよ。まあ僕には開発計画を停止する権限はまったくないんだけど」

「どうして神経質なくらいの人だけが進化できるの？」

「シナプストレーナーの訓練プログラムは『ニューロンクラスター』と呼んでいるイレギュラーな脳の神経回路のみに作用するんだ。これがないと『アトラクター感受性』は植え付けられない。この『ニューロンクラスター』はその脳を持つ人の性格や習慣で作られたものなんだ。たとえば、自分を優先せず他者を優先する人は、大抵の場合、前頭葉にある背外側前頭前野《はいがいそくぜんとうぜんや》と海馬《かいば》や扁桃体《へんとうたい》の神経回路をかなり酷使していて、生活傾向を見ると、深刻な悩みを抱えていたり、いろいろ我慢してきた人に多くみられるんだ。このような生活を繰り返し続けると脳のこれらの部分はイレギュラーな細胞分裂を行い始め異常とも思える神経回路の塊ができあがるんだよ。つまり自分のことよりも他の人のことばかり優先して考える神経回路さ。一般的に自己中心的な人の思考であれば、他者のことを考える習慣もないため、このような回路は生成されないんだけど、『他の人の気持ちを考え悩む』という思考パターンを持つ人の脳は、この部分を非常に大きく発達させているんだ。見た目は、巨大な葡萄の房のような形をしている。そしてこの『ニューロンクラスター』は今までは多様な精神障害を誘発させる可能性があると医療業界では悪者扱いされてきていたんだけど、その発生原因は不明だったんだ。僕は、この不必要と思われていた『ニューロンクラスター』に注目し、そこにデータの書き込みができることを発見したので、シナプストレーナの開発を開始することができているんだ」

「ニューロンクラスターは、今まで日の目を見ない厄介者扱いだったのね？」

「そうだよ。でも今は違うよ。まるで僕のシナプストレーナーの開発を待っていたような神経回路なんだ。すなわちワンステージ上の知的進化を遂げる人だけのために、せっせと脳の中で準備を整えていたんだよ。この神経回路は他者の行動を敏感に察知できる非常に高い感度をもっているんだ。だから僕のプログラムを強力に感じとって受け付けてくれる。これに対し他の神経回路は完全に無反応だから『アトラクター感受性』を植え付けることはできないんだ。また、子どもはニューロンクラスターがなくても、他の神経回路に可塑性《かそせい》が十分あるため、シナプストレーナーによる書き込みは可能だ」

「その頭の中の塊がある人はどうすればわかるの？」

「これは外乱による刺激の反応である程度わかる。たとえばなんらかの外乱があった時に自分の欲求を最優先するのか、それとも周りの状況を確認して他者を優先しようとするかの行動パターンでだいたいわかる」

「それじゃ、優しい人ってことになるね」

「つまり、これまで人のためにいろいろ考えてきた人は今回の方舟に乗れる。その逆はどうしたって乗れないんだよ。ちなみに僕は乗れないかもね。結婚した頃によく自己中だと妻に言われていたからね」

「最近では正直で優しい人ほどバカを見る世の中だった。でも最終的にはそういう人が優先して救われる時代が来たのね」

「それは元から神様が決めた通りになっていたんだよ。長期的に見れば公平も不公平もこの世の中にはないってこと」

「この話が世界に広まるとすごいことになるわね」

「これが悪用されると、とても恐ろしいことになる。また悪用の意識がなくても、進化する人が増えると、知的勝ち組と知的負け組に分断されることになるので、新たな社会的混乱を生み出す。進化できたヒト、すなわちポリフォニックサピエンスはスーパー知的人間だからね」

「知的進化については、倫理的に相当な吟味が必要ね」

「それも多次元的なルールに基づいて判断する必要がある。今までの社会的ルールや法律などは役に立たないだろうね。地球上に法治国家が誕生した時のように、最初から世界を創り直すことになるかもしれないんだよ」

「だから各界の著名人達がポリフォニックサピエンスの社会作りのための、様々なワーキンググループを作っているのね。彼らの行動を見ていると、なんともいえないたよりない気持ちになるわ」

「そうだね。その影響が我々を幸せにするのかしないのか？　全くわからないからね。もちろん僕はそれより先にやらなくてはならない研究がある。さっき言ってた戦意を喪失するための銃だよ。ハードウエアは既にテストが終わっている。あとは僕の研究によって作られるアトラクターキャラクターを入れるだけだ」

「アトラクターキャラクター？」


「精神作用を持つデータを編集して新たに作られる、いわば『洗脳波形』みたいなものだね。直近では世界各国で争いが起こっているのを沈めて平和利用できるためのキャラクターを見つけることが最重要ミッションなんだ。ちなみに、僕は女性に恋愛感情をもたせるキャラクターに最も興味があるけどね」

「それってキューピッドの矢みたいなもの？」

「そうだね。また、キューピッドの矢は、通常の人なら1本で十分だろうけど、僕が作ったものなら何人にも打ち込むことができるよ。創作家にはとてもありがたい機械だ。好みの相手に片っ端から打ち込んで本能に忠実に人生を楽しむこともできる」

「あなたもその部分は普通の男性なのね。世界中の女性があなたに惚れると思うと舞い上がって研究が進まなくなるんじゃない？」

「ところが、さすが世界科学者連合だよ。なんだかんだいいながら僕は脇目もふらず研究テーマに没頭しているよ。さっさと今の研究を終わらせてシナプストレーナーの実用化を急ぎたいんだろう。人類を救う大掛かりな研究だしね」

「きっと研究が好きなのよ」

「僕は研究は好きじゃないよ。音楽もだけど。もちろん嫌いじゃないけどね。僕が一番好きなのはコミュニケーションだね。いろんな人や物と接することが好きだ。そこに音楽や研究が話題としてあることはコミュニケーションが盛んになるので必要だとは思っている。逆に僕も聞きたいんだけど、君は絵を描くことが好きかい？」

「嫌いじゃないけど、周囲が思っているほど好きでもないわ」

「でも、今まで続けてこられたのはどうしてだろう？」

「なにかいつも足りないものを感じるのよ。どんなに細部にわたって研究し尽くしても、たどり着けないものを心の片隅に感じるの。それは私にとってはリアルなイメージなんだけど、描き始めると出てきた絵そのものとさらに一体感がでてきて、ものすごい執着がおこるのね。その絵に逆におしつぶされそうになるの。描き始めた絵が私に様々な注文をつける感じね。私はその奴隷みたいに受動的に命を削りながら応対している感じかしら。とても疲れる作業なのよ。描き終わるとどうってこともないんだけど、描かないと今度は描かない空白の時間が私に新たな課題を提供してくるの、まるで脅迫のように。私の体の中には自動的にコンプレックスを作り出す装置があるみたい。この機械があるうちは気軽に好きとは言えないわ。でも唯一成長している実感を得られた時だけはそれまでの苦労は忘れてしまうの」

「絵の種類だけ、今までの君の貴重な時間があった。精神活動を絵に注ぎ、その時間を費やしたということは命を削ったことと同じだね。そして絵をイメージし始めた時には絵との縁が始まり、描き終わる時にはその絵との関係は薄れる。僕はさっき君に絵が好きか嫌いかを聞いたけど、世の中のでき事すべては縁があったりなかったりするから好き嫌いはその都度変わると言っていい。もしある物に対してずっと好きと言えるなら、それは進化を脅かす状態とみなすこともできる」

「私はこのコンプレックスのおかげで、論争にはめっぽう強くなってしまったし、自分の価値観を論理的に説明できるようになったわ。この世界でも知識と技術は大切だと今も思っているの。でもとても恐れていることがあるわ。それは知識や技術をつけなくても世の中から天才と思われている人達ね。こういう人には理論武装が通用しないし、自分のキャリアが一気に崩れるのではないかという恐怖感すら感じるわ。これもコンプレックスね」

「君は3拍子も4拍子も揃っているのにコンプレックスがあるということが5拍子目の才能だ。これからもどんな絵を描いてくれるのかとても楽しみだよ」

「ありがとう。幸いこの研究所が準備してくれた研究環境はモチベーションをあげる工夫が過剰なくらいされているので私自身も生命力がすごく出てると思うの。細胞から元気になれる感じね。これまで自らの命を絶った天才達もここで活動できていればよかったのにと思うわ。私達は今の時代に生まれてよかったわね」

「ここは本当にいい環境だよ。人間って適材適所ですごく生命力が変わるんだなとわかったよ」

「今日も敬介さんにたくさん生命力をもらったわ。感謝します」

「感謝するのは僕の方だ。絵を見せてくれて本当にありがとう。今日の感動は一生忘れられない僕の財産となりました。そろそろ助手達の実験結果が出てる頃だから帰るよ」

「ありがとう。じゃあまたね。次に会う時には、どんなキャラクターがコレクションされたか教えてね」
「わかったよ」

敬介の予想

敬介が美しい木目のギターを弾いている。敬介の長い指が弦の上で踊っている様子はまるで蜘蛛が糸の上を器用に移動しているかのようだ。その指先からは光の粒が放出され、その軌跡はアトラクターのような幾何学模様となって空中に描かれる。弾かれた弦は振動してその輪郭が大きくぼやけて太くなる。そのぼやけた弦をまた他の指が触れて振動が止まり細い弦の姿に戻る。この繰り返しを行いながら、敬介は静かに目を閉じる。再びぼやけた弦はどんどん太くなり、やがてもやもやした雲のように混沌とした状態になる。その雲のそばにはまた別の雲が現れた。その雲には先ほど会話していた礼子のイメージを感じとることができる。そしてふと目を見開いた。

敬介は礼子との会話のときに頭をよぎった事柄を記録していなかったことに気づく。そしてギターを置くと、そばにあるボイスレコーダーに向かって話しかけた。

「芸術も科学も、そして人間も、すべては同じメカニズムによって作られた量子データだ。だからこの量子データの一部を僅かに変化させるだけでも異常な連鎖反応が始まりブレーキが利かなくなる危険性があるかもしれない」

敬介はボイスレコーダーを机の引き出しにしまい込み、ソファーにもたれかかって天井を見つめながら、

「礼子のあの絵は本当にすばらしかったな。あの絵を描いた時の彼女の脳は異次元にハッキングされていたに違いない。そのとき彼女が見えていた別世界も抽出できるかもしれないな。そうすれば、今まで霊界といわれていたものが、ようやく科学的に解明される日が来る」

とつぶやいた。

人生の真の目的

蜘蛛が台所の天井からツツーっと降りてきて、コップの中の水を飲んでいる。再び蜘蛛は天井に戻り、その体勢から体の向きを変えて、敬介と繭子が会話している姿を見つめている。

繭子は相変わらず敬介の話に興味津々である。

「あなたが言っているメカニズムを動作させるのに『縁』が必要だっていうことはとてもよくわかるわ。あと『有限』ということを強いられている中だからこそ『愛』が必要だってこともなるほどと思ったわ。これは人間の社会構造にも照らし合わせて理解できるわね。それで『縁』と『愛』と『有限』が揃ったとして、次はどうなるの？」

「これらの条件が整って、時間が経過すれば『進化』が始まるんだ。進化と言っても最初はカオスのゆらぎが発生し始めるだけだけど」

「それはダーウィンの進化論のような進化なの？」

「ダーウィンの進化論を真面目に読んだことがないけど、おそらくそれとは違うよ。僕がいうメカニズムを動作させると、前にも話したけど、まったくの秩序のなかった無機的な状態が有機的かつ知的な状態へと進化を遂げるんだ。生物に限定した進化じゃなくてそれ以前の進化も含んでいるよ」

「無機的なものが知的化してゆくという現象があるってことよね」

「そう。そして知的化する物質にはその知的レベルにかかわらず、共通の目的を持たされているんだ。それが『進化』なんだよ。少なくとも僕達を含む周りの物質のすべては『進化することが唯一の目的』だということをそのメカニズムは示しているんだ」

「じゃあ私達の目的も『進化すること』なの？」

「その通り。それが僕達の使命だ」

薊子は一瞬目を閉じて、ため息をついた。そして目を見開くと、

「今、あなたの言葉を聞いて、一瞬で私の中でこれまでのすべての疑問がつながった気がするわ。世の中の仕組みを完全理解したようなとても清々しい気分よ。これって何かの錯覚かしら。今まで生きてきてよかった。そしてこれから生きていくことがとても楽しみに思えてきたの」

薊子は少し目を潤ませて微笑んでいる。

敬介は薊子の表情を気にしながら続けた。

「人間で言う進化にはいろんなものがあるよね。たとえば今も世界各国が頭をかかえながら、どうやって地球環境を改善するか議論をしているよね。自己中心的な国は徐々に減少しつつ、世界の主義思想はゆらぎながらも収束的に進んでいることも、マクロに見れば人類の知的化が進んでいると言える。また一部の人は人間の目的とは何かを真剣に考え、自らを変革しながら成長を遂げていたり、またある人は、一進一退を繰り返しながら成長を行っている。これらも皆小さな進化だよ」

「そのメカニズムだけど、『縁』と『愛』と『有限』が『進化』を生むってことね。今ひとつこれらの関係というか、なぜ進化しなくてはならないのかがわからないわ」

「こう考えるとわかりやすいよ。前に有限について話をした時、土地の話をしたことを憶えているかな？　これをもっと単純な粒子的な話にシフトして考えるんだ。すべての粒子は自由に縁を結ぼうとしている。しかし存在できる空間が『有限』であると自由に縁を結んで増殖していくだけでは、だんだん自分の空間が狭くなってくる。狭いと居心地はよくないよね。『有限』の意味は、家が狭いんだからその範囲で仲良くしろと『対処すべき課題』みたいなもんだね。だから縁を結ぶ相手とは折り合いをつけていかなくてはならなくなる。すなわち相手のことまで気にかけて、自分の『縁』は後回しにしてでも相手を優先させる動作、すなわち他者を思いやる『愛』のようなふるまいが必要となってくる。この愛が機能し始めると、世の中のメカニズムによって不思議な現象が起こり始めるんだ。それがたとえば無機性から有機性への変化だ。この有機性は誰が見ても一見ランダムで無秩序な状態に見えるんだけど、この動作が秩序を創り出し、とてつもない時間をかけて知的進化していくんだ。少なくとも無機性が有機性に変化する第一歩だけでも、ものすごい進化なんだよ。そしてこの進化は課題を解決した対価なんだ」

「人は理由なく進化してきたのではないってことね。『進化』は単なる環境への適応じゃなくて、『有限』という『対処すべき課題』を解決する使命があったのね。『進化』の本当の理由が、今はっきりとわかったわ。そして、それは『縁』と『有限』と『愛』が深く関係していたのね。世の中ってすごいわね。本当にうまくできてるのね。こんな世の中の一員として、これまで人間として進化を担ってこれたことがとても嬉しいわ。今まで敬遠されてきた社会問題は、むしろ対処すべき課題と捉えて正面から取り組むべきことだと言えるわね」

「そう、これらの課題は解決しない限り進化はできない。また逆にこの課題を解決さえすれば、僕らはどこまでも進化できるとも言えるんだ」

「だから私達は進化するために、いろいろ勉強し、成長しているのね」

「そう、人間の真の目的はそれだよ！」

セキュリティ

敬介の研究は急ピッチで進み、順調にアトラクターキャラクターは抽出されていた。また礼子のテーマであった「画像による脳の制御の研究」も敬介の「アトラクター逆変換理論」を流用することで、順調に進んでいた。礼子は自分の描いた絵から明度、彩度、線分と細かく分割し、これらからついにアトラクターキャラクターの抽出に成功したのである。さらに、このアトラクターキャラクターを逆変換し、より強烈な絵画へと再生成することにも成功した。これにより敬介の「アトラクター逆変換理論」は、画像への転用も可能であることが立証され、礼子の研究は一段落した。

そして礼子は新たな研究テーマを提案する。それはアトラクター逆変換理論を応用し、「霊界とも揶揄されてきた異次元のコミュニケーション」を試みようとするものであった。その試みはインパクトのある内容であるため、世界科学者連合は礼子の研究テーマの提案を快諾した。敬介の技術を自由に使いこなせるようになった礼子は、敬介がこれまで収集してきた最高機密情報であるアトラクターキャラクターの取り扱いも許可された。なぜアトラクターキャラクターが最高機密かと言うと、それはその波形がもつ精神作用が危険だからである。悪用されれば、ネット配信するだけで、それを聞いた人の脳の動作を制御することができてしまうからだ。世界科学者連合の代表にもこれを取り扱う権限はあったが、実質的にその内容を把握しているのは敬介と礼子だけであった。そんな彼女にはいつか実現したい密かな楽しみがあった。それは敬介が採取した様々なアトラクターキャラクターをいつか自分も直接味わってみたいということである。敬介の装置を使ってアトラクターキャラクターの外観を観察するだけなら誰でも可能であるが、これを心でダイレクトに感じるには「アトラクター感受性」が必要となる。もちろんシナプストレーナーが完成し、礼子にも完全なアトラクター感受性が植え込まれれば、それは可能になる。礼子は敬介が自分のことをどう思っているのか気になり始めていて、敬介自身の心が知りたかった。このため敬介の生体データから抽出したアトラクターキャラクターには特に興味があったのである。

礼子と敬介の会話はすべて世界科学者連合によって記録されており、もちろん二人はこのことについては承諾していた。当然ながら礼子と敬介の二人の日常の会話も研究報告の1つとして扱われているのである。これらの記録は二人が装着している時計に一旦記憶させ、世界科学者連合のサーバを通じて報告されるようになっていた。礼子と敬介の会話には世界科学者連合以外には絶対漏れないよう最高のセキュリティ状態が採用されていた。それに用いられる暗号方式の技術は敬介が10年前に発明した「シフトリアプノフ指数暗号化技術」というものが使われている。この技術もやはり敬介の得意とするカオス理論から派生した技術であって、音声波形を暗号化する際に、次元変換を行いアトラクターを作成し、そこで算出されるリアプノフ指数という数の大きさに基づいて、暗号方式とデータ圧縮率を変化させるという方法である。この暗号方式は世界の最高レベルの暗号解読技術をもってしても絶対に盗聴できないセキュリティシステムであった。

《水晶玉のような物体に敬介と礼子が映し出されている。敬介は礼子の絵画を見ている。それを取り囲むかのようにもやもやした雲がゆれている。敬介がパーティを楽しんでいる姿も映し出されている。それは蜘蛛の巣のような縁取りで小さな蜘蛛が糸の上を這い回っている。それらの映像は誰かが監視カメラで監視しているかのように暗闇の中で再生されている》

敬介と礼子の会話は理論上漏洩《ろうえい》することは絶対にありえなかった。しかし、それはあくまで現次元の理論上であって、実際には異次元の何者かによって盗聴されていた。その盗聴手法にはマイクロ宇宙発生転送という現象が使用されていたのだ。音声の変化によってカップリング量子と言われるもつれあった量子にも変化が生じ、その変化を読み取るのだ。盗聴に使われる小宇宙は異次元と次元接続され、量子テレポーテーションを遮蔽《しゃへい》する層をも無力化させ、その情報を漏洩させることができるのである。

以上のようにして、敬介の極秘情報はいとも簡単に異次元社会へと漏洩し、この情報は解読されたあと精査されていた。

この情報漏洩を傍受した異次元社会では、敬介が発見したメカニズムの一部に、現次元から異次元までのすべての世界を滅ぼしてしまうような危険な発見があったことを見つける。そしてこの現次元社会での危険な研究を断固阻止する必要性が生じた。しかし現次元社会側では異次元社会の情報は解読できないため忠告を伝えて研究を阻止することができないのである。現次元と異次元では、コミュニケーションできないことは、宇宙創成からの原理原則であり自然法則であったのだ。

しかしこのままでは現次元の敬介の研究を続けていくと、近未来には、すべての世界は消失してしまう。このため、異次元社会では敬介の研究についての危険性が理解できる人物がいつか現れることを願って、万が一の可能性を信じ根気よく現次元にマイクロ宇宙発生転送という方法を用いて警告を送信し続けた。根本的には、人間は現次元より高度な異次元の情報など解読どころか送信されていることすらわからない。しかしある日、異次元の情報を解読したという返答が突然現次元の見知らぬ人物から送信されてきたのである。それはまだ現次元に一人もいるはずがないポリフォニックサピエンスへと進化している女性であった。この女性には完全な「アトラクター感受性」が備わっており、異次元社会とコンタクトがとれる能力を持っていたのである。

神の関数

繭子が指折りしながら進化の条件を復唱している。

「『縁』と、『有限』と、そして『愛』が揃ったらあとは待つだけね」

「あとはとんでもない長い時間が必要だ。時間の概念は有限を決めた時に必然的に発生すると考えられる。有限を3次元の空間と決めるなら、時間は1次元だよね。1次元の時間とは、現在が過去に影響され、また未来にも影響を及ぼすというような一対一で対応する変化のことを時間と称して定義しているんだ」

「そこまでいくと私には理解不能。でも愛には一番興味があるわ」

「そう、重要なのは『愛』だね。さっきも言ったけど、自分から縁を結ぼうとすることを待って、相手に縁を譲るという機能なんだよ」

「自分の欲望を我慢して相手を優先するってことは、自分が縁を持ちたかった相手が、他の相手とくっついてしまう可能性もあるわね。なんかそれは悲しいなあ」

「でもそれは実は進化するための最良の相手を探すために譲っているんだけどね」

「そうか、次へいくためのきっかけではあるものね」

「それに1つ譲るたびに人だったら成長するでしょ?」


「そうするともっとよい出会いが待っているのかも」

「愛は不思議でしょ」

「まさに好きとか嫌いとかいうレベルを遥かに超えている意識ね」

「『愛が存在しているということ』は機能的に説明するとしたら、『相手に対して、縁を結びたいのにそれを我慢できる意識が存在している』ということになるんだ。よく人間社会でも、まわりの状況を読まずして、好きな異性に突進する人がいるけど、それは愛じゃない。また、厳密に言うと、『愛している』という表現は『自分があなたを愛している』という主観的な表現だから、本当に相手が自分に愛を実行してくれるかは後にならないとわからないよ。『愛している』という言葉の表現はあくまで自分が相手に愛という機能を実行するという『宣言』に過ぎない。この言葉がジーンとくるかこないかは言った人の言葉がどれだけ信頼できるかによる。信用というものは神経の接続状況に似ているんだけど、これがしっかりしていれば『愛している』という言葉も『愛されている』という自意識に瞬時に変換されるんだ。その結果、人間だったら愛を感じ合う喜びを味わうことができるよ」

「普通の親だったらどんなことがあっても子どもの犠牲になろうとするから、あれは『愛』なのね」

「そうだね。別に親子でなくても苦難を乗り越えてきた夫婦やカップルのように、他人同士でも『愛』を持つことができるよ。今の時代じゃ同性愛もあるし、年齢差がどんなに大きく離れていてもその間に『愛』を持つことができる。その『愛』の存在目的はたった1つだった」

「『愛』というのは人間だけのものじゃなくて自然界のみんなの共有物だったのね」

『そうなんだ。そして最終的に、わかったことは『愛が存在する目的』は『進化させるためにある』ということだった。これは誰にも逆らえない普遍的なルールで、まさに『神様が作ったメカニズム』だ。僕も子ども達も動物も、そしてすべてのこの世界が存在する目的はみな同じ、『進化すること』だと決まっていたんだ」

「敬介さんの言ってる愛という現象は無関心でもなく、また相手を独占するわけでもなくちょうど良い頃合いに縁を調節することだなって思えるわ」

「まさにその動作は愛の原型の動作だ。この愛をつかって動き出すメカニズムが自然現象の根幹だ。そしてこの根幹のメカニズムは数式で表すことができる。『愛の原型が記《しる》されている数式』だよ。そして愛の原型を正常な範囲に常に調節する関数があって僕はそれを『神の関数』と呼んでいる」

「数式に記された愛の部分を正常に働かせるために『神の関数』が必要なのね。でも神って言葉を使うとなんか変な宗教に誤解されるから別の名前をつけた方がいいんじゃないの」

「まあ便宜上つけてるだけだよ。学会発表のときはもっともらしい名前をつけるつもりだ」

敬介がある数式をみて研究に没頭している。彼はとても深刻な問題に直面していた。実は研究を深めていくうちに「神の関数」なるものに恐ろしい機能が備わっていることに気がついてしまったのだ。この関数に少しでも異常が生じると、それに関わるすべての進化してきた世界万物が連鎖的に消滅してしまうのだ。

すなわち「神の関数」は世界を消滅させてしまうスイッチとしての機能をもっていたのだ。彼はこの発見をボイスレコーダーに録音した。それを終えた時、過去の人類の核爆弾使用までのシナリオが走馬灯のように頭をよぎった。それは「考え出されたものは作者の意図に反して必ず利用されてしまう」という人類の悲しい歴史だった。敬介はこの発見をしてしまったことをひどく後悔した。そして、このレコーダーにたった今録音した情報をすべて消し去った。さらに誰にも知られないよう「神の関数」に関する研究データをすべて抹消した。そしてこのことだけは繭子にすら伝えてはいけないと心に命じたのである。

砂漠のオアシス

砂漠の中に小さなオアシスがひっそりと姿をみせている。エメラルド色の小さな池とその周りには数本のヤシの木が植わっている。小さなホテルがあるが、人の気配はない。そのホテルのエントランスはとても綺麗に整備されていて、入り口には満室の表示がされている。そのホテルに入っていくと、内装の全面の壁は水槽になっていた。そしてロビーを中心に放射状に地下に向かうように階段が続いている。この階段を下っていくと、このオアシスの池を水底から見上げるような場所に到達する。透明なチューブ状に張り巡らされた通路から見上げると、水面から屈折した光がまぶしく差し込んでいる。そして下を見たとたん、まるで自分が高層ビルから下を眺めるかのように、恐ろしく深い水底であることに気づく。そしてこの透明なチューブ状の通路にはその果てしなく深い水底へと続く高速エレベータが接続されていた。このエレベータは水底までは自由落下するかのように高速で落下する。このため、エレベータ内ではほぼ無重力状態をしばらく楽しめるようになっている。水底に近づくにつれ落下スピードは減速し、その後はさらに横穴のトンネルに移動方向を変えて列車のように高速で水平移動する。実はこのトンネルは別のオアシスに接続されている自然が創り出した地底の構造体である。表面が砂漠であっても、地下は淡水で満たされた石灰岩の巨大洞窟となっていて、巨大迷路のような地底湖が形成されているのだ。そしてこの地底湖はあるテロリスト達の隠れ家となっていた。

盗聴された敬介の情報と、異次元からの警告データがテロリストへと送られてくる。テロリスト達は、独自に開発した多次元アンテナでこの情報を漏れなく記録している。そしてその情報は誰が見ても単なるノイズにしか思えない無秩序な波形をしている。しかし実はそうではない。一人の女性テロリストがこの情報が何であるかを見抜いていたのである。彼女は「詩音《しおん》」という本名をもっていたが、テロリストの中では本名は一切公表せずコードネームＸＱと名乗っていた。そして別人を名乗りながらテロ活動を支援していたのである。実は詩音は、まだ人類が誰も身につけていないはずの完全な「アトラクター感受性」を身につけていた。これはありえないことである。なぜなら「アトラクター感受性」は現在敬介が開発中の「シナプストレーナー」によって訓練しなければ身につけることができないはずなのだ。しかし詩音は既にそれを完全な状態で身につけ「ポリフォニックサピエンス」に進化していたのである。このため異次元からの複雑な情報も瞬時に解読していたのである。

敬介が「神の関数」を偶然発見してしまったことは、人類がこの世の中を滅ぼす時限装置にスイッチを入れたことに等しい。このリスクを察知した異次元世界ではこの危機をなんとか免れようと試み現次元に向けて警告を送信し続けていた。そして現次元で唯一進化していた詩音はこの情報を解読することができたのである。彼女は、この発見は世界科学者連合の研究者が発見してしまったことや、「神の関数」を見つけ出して破壊すれば、世界が連鎖的に消滅するということも瞬時に理解してしまっていた。

このように特別な能力を備えた詩音はテロリスト側の絶対的な勝利を勝ち取る救世主として別名XQを名乗りメンバー達に慕われていた。テロリスト達は、反社会的活動を行うという「相対的な悪」のレッテルを張られていたが、その素性は悪ではなかった。彼らは、「徐々に愛を忘れつつある社会」もしくは「一部の人間の強欲に好都合な社会システム」の反対側に追いやられたマイノリティ達がほとんどだったのである。そのため、子どもの時に親の都合で捨てられたり、虐待されていたりと、まともな教育も受けられなかった人が多かった。彼らのおかれた状況を作った原因を詳細にたどっていくと、行き着くところはいつも資本偏在に翻弄されたエゴ社会の存在だ。その社会は他者を見ず、助けようとしない個人の小さなエゴに端を発するものであった。彼らのほとんどは、一部の金融マフィアなどに都合の良く作られた社会システムに順応できず、自分の生きる意味を見失いかけていた人達である。彼らも誰もが最初はなんとか努力してうまく生きていこうとしたのだが、その多くが使用者側の一方的保身と労働搾取によって希望を失い、やがて反発心が心に芽生え、反社会的意識に火がついてしまったのである。そして同じ境遇の人達が互いの哀れさに共感し合い集団活動化していった。

ただ、このテロリストとよばれた人達の体には、外見からはまったくわからないが身体的に

1カ所だけ共通している部分があった。それは脳内の一部である。悲痛な経験をしてきた彼らの脳は、なんの苦楽もなく生きてきた人の脳よりも、一部の神経細胞が肥大化していたのである。実は、これは敬介が以前から指摘していた「ニューロンクラスター」とよばれる神経回路であった。一般社会の統計学によると「ニューロンクラスター」の保持者は5パーセントにも満たないのであるが、彼らの場合はこれまでの精神的苦痛がこの神経回路を肥大化させ、ほぼ全員が「ニューロンクラスター」を持っていたのである。

以前にも説明したように、「シナプストレーナー」を用いて進化できるのは「ニューロンクラスター」を脳内に備えている者だけだ。すなわち彼らのほとんどは「知的ノアの方舟」に乗船できる素質を備えていたのである。

一方、世界中の政府組織を操る富裕権力者層は、国際的なテロ集団として扱われているテロリストの存在は脅威かつ邪魔であった。交渉などという面倒な手法を使わずに、できるだけ早期に彼らをこの世から抹殺してしまいたいと考えていた。そのために、政府組織に対して綿密なテロリスト掃討作戦を計画させていた。また世界科学者連合の技術も軍から要望があればもちろん技術提供を行っていたのである。敬介もたまにテロリストの暗号解読に参加したことがあり、特にあるテロリストの中にコードネームXQという要注意人物が含まれていることは知っていた。しかしながらこのＸＱについての詳しい情報を把握するまでには十分至っていなかった。

深い関係

再び敬介と藺子の家。カッコウ時計が午前2時の時報を打つ。すると台所の天井と壁の間に蜘蛛の巣が半分作られているのが見える。蜘蛛はカッコウ時計の鳥の模型が2度飛び出しているのを確認するかのように見つめている。カッコウが時計に収まると、またせっせと蜘蛛の糸を吐き出し、巣作りに励んでいる。蜘蛛は自身が持つ複眼を利用して、多次元的に情報を処理しているかのようだ。やがて蜘蛛の足の先からは多数の光が放出し始め、それが巣の上を束となって流れ始めアトラクターの幾何学模様となって空間にちらばっていく。この模様は似たような規則をもちながらも決して同じ軌跡を描くことはない。しかしながらある一定の範囲から逸脱するようなことも決してない。まるでその光の束は蜘蛛がこしらえているかのようである。そのきらめきがしばらくして納まった後、蜘蛛は巣を作る手を突然止めた。そして敬介と藺子の方向に体を向け、再びその複眼で見つめ始めた。

敬介は相変わらず繭子に熱心に説明している。

「そしてこれらの要素が揃うと『愛と神のメカニズム』なる動作がはじまる。時間が流れ始めると、この数式の右辺と左辺にある数に、とても不思議な数の乱れが生まれるんだ。その数は一見ランダムに見えるけど、そうではなく、特別な秩序を持っている。そしてこの不思議な数の乱れが、前から僕が言っていたカオスというゆらぎであり『無機性から有機性を生む』現象だ。この仕組みを数式という形で表すと信じられないくらい単純なんだけど、この数式が『愛と神のメカニズム』そのものなんだ。これが世界を作り出した原因なんだ」

「カオスのゆらぎが世界を創り出し進化を担ってきたのね。無機質なものからＤＮＡを作り出すように思えるわ。でも無機性から有機性を無限に作り続けたとしても知的進化を遂げるというところがもう一つわからないわ」

「これはまた別の進化理論を用いるんだ。それは『クロストークディレイ理論』と呼んでいるんだけどね。このふるまいが連続して長期的に発生し続けると、この発生した数の乱れがお互いに干渉をし始めるんだよ。するとこの影響でさらに新しいメカニズムが次々と生まれるんだ。それぞれの数式の形は同じなんだけど、数式が動作する時点での『初期値』と『有限』と『愛』の大きさが微妙に違う。ここで言う『初期値』は各々のメカニズムが生まれた時に与えられる値なんだ。人間でいえば、受精した日みたいなものかな。この次々と新しく生まれてくる『メカニズム』同士がさらに相互に影響を始めるんだ。1つ1つは単純だけどこれらが組み合わさってとても複雑なものに進化していくんだよ。だからこれらは増殖し続けた結果、現在では天文学的な数のメカニズムが世界に存在し干渉し合っているんだ。このことをカオス共鳴と言うんだけど、このような現象が途方もないくらい長期間続くことによって、無機性しかなかった初期状態を、今のような人間まで進化させたと考えられるんだよ」

「すごいことを発見してしまったわね。あなたのその発想力はもっともっと世の中のために生かさなくちゃと思うわ。すぐに論文を書いて発表すべきよ。いろんな人が注目すると思うの。しかし、いつそんなことを思いついたの?」

「作曲をしようとした時だったよ。この閃きの感覚は『天然の作曲家』でないとわかってもらえないと思う。作曲とカオス理論は怖いくらい深い関係にあるんだ。たとえば僕が作った曲の最初の音だけを変えるだけで、その後につながるメロディは全くと言ってよいほど連鎖的に違うものに姿を変えてしまうんだ。これは先天的に曲が閃く人なら誰でも気付くことで、そのときの脳内の現象は『初期値鋭敏性』というカオス理論で説明が可能だ。閃いて曲をつくると曲の中にはこの状態が織り込まれるんだ。絵を描くときも同じだよ。芸術に限らず、創造と言える分野のでき事にはこのようにカオスのルールに従った現象がぎっしりと含まれていると思ってよい。そもそも人間の脳の中はカオスを効率良く生み出す構造になっているから、そこに芽ばえている自我もカオスのルールに支配されていると考えられる。そうするとカオスのルールを知っておいて、それに逆らわない生き方が楽なのかな、なんて思ったりする」

竜宮城の奥へ

敬介が目を閉じている。それは頭の中で想像している自分のプライベートスタジオである。左右の大きなスピーカーの間には録音ブースを仕切るように縦横3メートル程のクリスタルガラスが直立しており、そこに水が滝のように伝って流れている。左右のスピーカーの間の床は小さな池になっており、そこには様々な水性植物が植え付けられている。天井からその植物に向かってスポットライトが照らされ、その光が水面や滝に反射して網の目状にきらきらと輝いている。この小さな池からは人口の川が作られており、部屋の内側を周回するように流れている。その川に囲われた中州の部分が敬介のスペースで、そこにはグリーンとこげ茶色のツートーンの木目に黄金の縁取りで装飾された大きな机と、赤茶色の立体的なキルティングを施したハイバックの椅子が悠然と置かれている。部屋の後部には、この川に流れを作るべく、苔のついた水車が設置されゆっくりと回転している。水面のゆれに沿うように屈折する錦鯉の模様がとても美しい。その模様にはなんともいえないカオスのゆらぎが感じられる。敬介は椅子に座ってその模様をぼーっと見つめている。それを見つめているうちに、滝の水の量が増え始め、乱反射の光がさらに強くなり敬介の顔には強烈な水面の模様がさしこんできた。その光があまりにまぶしくて敬介は目を覚ますと、いつもの殺風景な自宅の部屋で作曲中にうたた寝していた自分の姿に気がついた。そして椅子にふんぞり返って背伸びをした。

「はーあ、今日は朝からカオスのことばかりが気になって曲に集中できないな。作ろうと思えば思うほど気になって集中がそがれてしまう。しかし曲が閃くことについて今まで気にはしたことはなかったけど、冷静に音符の動きを観察して見ると、どう考えてもカオスの挙動だよな。やはり僕の脳の中にもカオスを創り出すメカニズムがあるってことは自明だね。しかしあの数式は、出会ってからまるで僕に何かを訴えているようにも思えるんだよな。とりあえず今日はあの数式への好奇心を満たすことから始めよう」

《敬介は自分の部屋の机の上に置いてあったカオス理論の資料を開いて、その数式が記されたページを捜し始めた。あるページにはリカレントプロットという亀甲模様にも似た幾何学模様が掲載されていた。その模様は亀の甲羅の形に変化し、やがてウミガメの形になった。そのウミガメは敬介を乗せて海底深く潜っていく。海の中には数十メートルもある巨大な昆布がゆらゆらと揺れていて、その間を銀河のように魚達が渦巻いている。亀はさらに速度を上げながら海溝の淵まできたかと思うと敬介の表情を覗き込んだ。その敬介の顔は好奇心で一杯の顔をしている。それを見て安心した亀は垂直下降で潜水を加速させる。敬介と亀の神経回路からは光の束が放出していて、その姿は水中を舞う火の鳥のように幻想的な生物に見える。ようやく海底にたどり着くと、そこには竜宮城のように朱色の珊瑚《さんご》で装飾された建物があった。その入り口ではなにやら奇妙な物体が踊っているではないか。亀と敬介の鋭い目がそれを見つめている。それは数式の記号達であって手招きして敬介を誘っているのであった。亀は竜宮城の入り口付近に設けられた穴に首を近づけたかと思うと、先端から光の束を放出させ、そのまますっぽりと吸い込まれて竜宮城の装飾の一部と化した。敬介は記号達に誘われるがまま、竜宮城の奥へと入っていく……》

思わぬ事実

敬介が机の上で考えている。

「えーっと、ロジスティック方程式のところに載ってた、人口の増減を算出する差分方程式《さぶんほうていしき》の形は、x (n+1) = a x (n) (1 - x (n)) だったよな。その前に、まず知っておかなくてはならないことは、右辺のｘ（ｎ）という記号が今の人口で、左辺のｘ（ｎ+1）が未来の人口ってことだ。そして今の人口に人口増加率ａをかけ算すれば未来の人口が出るという単純な考え方で作ろうとしたんだよね。だから最初は未来の人口は　ｘ（ｎ+1）＝ａｘ（ｎ）　という数式を作った。でもこれだと人口増加率ａの勢いでひたすら人口が増えていくだけなのでこの数式は間違いだということがわかったんだよね。

人間の人口増減を算出するためには、人間の生死、すなわち生命現象を数式として記述する必要がある。えーっと、人の生命現象を極限まで単純化すると『命を宿す』『命を手放す』という2つの現象のみとなるな。そして人口が増えていくだけの間違ってた数式は、人口増加率ａが『命を宿す』という役割を担っていた。しかし『命を手放す』という役割はまだ数式に組み込まれていなかったから、人口が減らなくて世界がパンパンになってダメだったんだよな。

そうそう、だからここで、人口が増え過ぎると人口増加が抑制されるような新たな項（1 - ｘ（ｎ））を追加したんだよな。そしてこれで完成。しかし、こんな単純な式が、なんであんなに複雑なカオス状態を生み出すことができるんだろう。それも増殖率ａがある一定範囲の時だけなんだよな……うーん不思議だ……うーん……待てよ……ん……もしかしてこれは……。

そうだ、右辺の（1 - ｘ（ｎ））という項は、この括弧内よりは大きくはなれないということを意味している。つまり自分が置かれた空間は限りがあるよってことで、この1という大きさの限度の範囲内でのみ存在が許されるという解釈ができるな。これってまるで試煉みたいなものを与えられているみたいだな。それでと、現在の個体数であるｘ（ｎ）に対して、未来の個体数であるｘ（ｎ+1）がこの数式に描かれているということは、右辺と左辺に『時間の前後の概念をもたらした』という意味にとれる。左辺と右辺を＝で結んでいるということは、現在が未来に影響し、未来は現在に影響するようバランスをとれという命令のようなものだ。これはまるで頭の中に次々浮かんでくるメロディと同じ現象のようだ。それに、現在の信号が未来や過去に巡り巡って影響するなんてことは、カラオケマシンのエコーやディジタルフィルタのフィードバックそっくりだ。そして左辺の答えは計算するたびにその数値がゆらいでカオス状態を発生させるんだね。なるほど、このカオス状態がどんどん進行して、単純なものを複雑化して未来を創っていくんだね。でも今のところカオスは発生してないよな……そうそう増殖率ａも単なる係数だけど、その数はいくらでもよい訳じゃなかったよな。えーと、どっかに書いてあったと思ったんだけど……あーこれだ、増殖率ａの値は、３・５６９９５、から４くらいまでだけの間にだけ、カオスを発生させると書いてあるな……」

　敬介は本を片手に今度はパソコンでなにやらソフトウエアを作り始めた。その画面上には敬介が先ほど理解しようとしていた差分方程式が記入されている。そしてａの部分がハイライトしている。そこに敬介は数字を打ち込んでリターンキーを押してみた。するとなにやら画面上で高速で計算が始まり、その横の画面ではアトラクターのような幾何学模様が表示されていく。さらにもう一つの画面では細胞のようなデータの集まりがゆっくりとゆらぎながら細胞分裂のように増殖を始めた。

「なるほど、あれが許された空間だとすると、この増殖率aは人間で言えば、欲望の大きさといえるな。そしてこの3・56995、から4・0あたりまでの範囲だけがカオスのゆらぎを発生させることができるんだ。しかしaがこの範囲を保っているという状態は、まさに繁殖のための欲望をコントロールしているとしか思えない動作だな。欲望をコントロールするような振る舞いをなぜ継続的に保つ必要があるんだろう。いや、これがもしかしたら有機性を引き出す鍵なのかもしれない。『欲望をコントロールする』これがこの数式が動作するために求められている必須要件なんだ……。

わかった！　なんとこれは人間で言う『愛』の動作と同じだ！

下等動物ですら愛などないと思われていたけど、生命性すら感じられない環境の中でもこのような機能は存在しているんだ。これは驚きだ！　そもそも『愛』の原理は物質がこの世の中に誕生してから全く変わっていないということか……。僕はとんでもない発見をしてしまったようだ。まだあるぞ、ａすなわち欲望を定義するということはx(n)とx(n+1)は『異なる時間で個体数の増減がある』という概念を追加したことになる。個体数の増減そのものは欲望による結果だし、それが結合または分裂するという動作の存在を与えたことになる。そして結合したり分裂する概念ができたということは、引き合うか、もしくは反発するためのきっかけを作ったということになる。その『きっかけ』、つまり『縁』を結ぶという概念が与えられているんだ。この数式が有機性を持つ振る舞いをするにはこの『縁』を引き寄せるという基本の動作が働くということになる。そして、この『縁』を引き寄せる『欲望』の強さは『愛』の範囲でなくてはならない。この『愛』の値の範囲、すなわちａがファイゲンバウム点の3・56995から4の間に落ち着いている間は、『カオス』を延々と生み出すんだ。まぎれもなくこれがこの世の中を創造し、進化を担ってきたメカニズムの根幹だったんだ』

待てよ、まだあるぞ。右辺の(1－x(n))という項は限界を課したという意味では、『試煉』と言い替えることができるな。そしてこの値もカオスを生み出すためにはある一定の範囲内の数値となる。つまり乗り越えられない試煉は課されないということか」

敬介は自らの発見が過去の研究からあまりに逸脱したものであるため逆に悩み始めた。自分が恐れ多い神の創作物に触れるような気がして怖くなったのである。そして、この技術が将来どのような影響を及ぼすかを十分考えた結果、もし今の時点で発表すれば世の中をいたずらに混乱させ、やめた方がよいと判断し、公表は一切しないと決断したのである。このため世界科学者連合は敬介が「アトラクター逆変換理論」よりも遥かに重要な発見をしていたことには全く気付いていなかった。ただ妻の繭子にだけはこのメカニズムのことについて日常会話で気軽に話していたのである。そしてこの会話の情報も異次元より盗聴されており、その情報はテロリストによって傍受されていた。

蜘蛛が巣を完成させている。とても美しい縦糸と横糸がキャンドルのライトに照らされて金色に輝いている。蜘蛛の糸に光の粒が伝うように走りぬけている。蜘蛛は作られた巣のできばえを見るかのように巣の片隅から眺めている。よく巣を見ると、一部にブラックホールのような空間の窪んだ渦ができている。蜘蛛はその窪みに沿って糸をラッパ状に変形させながらその渦の中へ入っていった。そしてすぐに出てきたと思ったら、こんどは少し小さめの可愛らしい蜘蛛が同じ渦から出てきたのである。どうやらその窪みからパートナーを連れてきたようだ。そのパートナー蜘蛛は、やはり巣のできばえを眺めるように見ている。巣を作った蜘蛛はそのご機嫌を伺うように心配そうに見つめている。そして小さな蜘蛛は巣の中央へと移動していった。続いて大きな蜘蛛も巣の中央へと向かい、２匹の蜘蛛達は仲良さそうに戯れ合いはじめた。その蜘蛛の足の先から光の粒がほとばしるように放たれている。その光の粒は蜘蛛の巣の糸に沿ってランダムに動き回り、まるで神経回路のデータの行き来を観察しているようだ。そしてしばらくすると突然動きがとまり、やがて蜘蛛達は敬介と藺子の会話に気付いて聞き入るように見つめ始めた。天井から見ると藺子と敬介がなにかを熱心に話しているように見える。そして蜘蛛の巣の一部にできている渦はキャンドルの炎の揺れた光を吸い取るように、うずまきながら痙攣し、不気味な気配を放っている。実は、この渦は異次元社会が現次元に発生させた空間の歪みであり、この部分から敬介らの会話が盗聴されていたのである。

敬介は、この差分方程式が、世の中を創り出した基本メカニズムであることをつきとめた訳であるが、このメカニズムの「愛」の動作には、どうしても説明ができない部分があることに気がついた。それは「なぜ『愛』の範囲が普遍的に一定の範囲を維持し続けることができたか」という疑問である。

空間が一定であったならば、有機性を発生させるためには、「欲望」すなわちａの値は、「愛」

という一定範囲の間に収まるようにコントロールされないといけないのである。これが小さ過ぎても大き過ぎてもカオスは発生せず、無機状態が永遠に続くのだ。それとも偶然に「愛」の数値が保持され続け、たまたま知的生命体だけが残ったという考え方もできるだろう。この場合は知的生命体は奇跡的に無機性という難を逃れて現在にあるという解釈になる。これも1つの説かもしれないが、それに反してこの地球上の生命体は別々の個体であるのにもかかわらず、同じように日々進化しようとしている。このことから考えると、奇跡とは言い難いと言えるだろう。

では、やはりこの「愛」の動作、すなわち一定範囲に、しかも長期的に保つためには、なにか他の制御力が働いているのだろうか。だとするとこの差分方程式だけでは不完全ということになる。

敬介はこのように考え、この方程式に別の項を追加する必要性を感じた。そして、「欲望」すなわちaの値を「愛」という一定範囲の値内にキープし続ける「制御関数k」を新たに取り付けた。いや取り付けたというより、取り付けないとこのメカニズムは継続的に成り立たないのである。この「制御関数k」は、有機性が永遠に進むように、あたかも監視しながら「愛の状態を継続的に保つ」というまるで神様にも似たふるまいをするため「神の関数」と呼ぶことにした。しかし敬介は研究を続ければ続けるほど、この関数の理解については、今の人類の英知を振り絞っても解明できないように思えてくるのだった。やっかいなことにそれは存在があるのに見えない関数なのである。実際、「神の関数」とは異次元社会が最も恐れていた「触れてはならない関数」であり、敬介の仮説どおり、これがすべての次元のａの数値が「愛」の値をとるように統括して制御していたのだ。つまり「神の関数」があったからこそ、あのメカニズムが連鎖的に動作してこられたといえるのだ。

敬介はこの関数の詳細までは見えてこないにしても、その関数にふれることが「世界消滅」となる危険性をはらんでいることを直感的に感じ衝撃に打ちのめされた。そして、この関数のことだけは繭子にすら話すことが怖くなった。

詩音《しおん》

黒髪で青白い女性の手の血管に光の束が行き来している。その指先には光ファイバーが接続されていて、その光ファイバーは編み目のように広がって暗い建物の内面を照らしている。その女性は岩盤をくりぬいたペイズリー柄のベッドに横たわってなにかの情報を解読している。その女性こそ、このテロリスト集団の中心人物であるコードネームＸＱこと詩音であった。ここは地底の湖に築かれたテロリストのアジトであり、地上のオアシスとは光ファイバーで接続され太陽の光や情報を導き入れている。太陽光は水耕栽培や畜産に用いられており、他の情報も多数送られてきて生活にはこと欠かないようである。詩音は目を閉じて眠るように情報を解読している。瞼の下の眼球が高速に動いているのがわかる。その詩音の脳付近にも多くの光の束が脈動していて、その光の脈動の向こうには詩音の過去が映し出されている。

詩音は、生まれた時から脳に障害を持っていた。彼女は日本女性と、イタリア男性との間に生まれた子どもであったが、障害があることが判明すると両親はあっけなく育児放棄し、児童福祉施設の門前に捨てるように放置し行方をくらませた。詩音という名前は宿直の職員が最初に発見した時、たまたま詩にフレーズをつけて歌うように泣き叫んでいたためこの名がつけられたのである。彼女はこの施設で幼少期を送り、成長するとなぜ親が自分を見捨てたのかと強く憎しみを募らせるようになっていた。生活態度は非常に乱れており精神も不安定で、たびたび施設を脱走し、各地をさまよっては、連れ戻されるという生活を繰り返していた。

この施設では、運営費の削減により職員の数が削減され、傷ついた子ども達一人一人に行き届いたケアをしてあげられるだけの体制はなかった。このためいたるところでひどいいじめや不正行為が発生していた。そして詩音も、施設内で精神的に耐え難いいじめをうけたり、脱走期間中には男にかくまわれる代わりに体を要求されるなど、辛く深い心の傷を負っていた。

詩音は大人になればなるほど、自分の体が自分のものではないくらいに思え、またそう思うことで、なんとか体と精神を切り離して自分をだます術を身につけて行った。たびたび自暴自棄になりかけたこともあったが、男の欲求さえ満たしてやれば馬鹿な男は自分をそれなりに可愛がり、かくまってくれることを知った。

そしてある日、彼女にとってついに最後の脱走の日がやってきたのである。それは彼女の美貌を気に入ったある大企業の幹部社員との出会いであった。詩音は彼の愛人となり、長期にわたって落ち着く場所を得たのである。その男は家庭があるにもかかわらず、女性を囲い込むためのマンションを借り上げ、そこに詩音を住まわせたのであった。彼女が囲われていたマンションの一室には国内楽器メーカー製の電子ピアノがおかれていた。

彼女はそんな部屋で、退屈な日々を過ごしていたのだが、ある日、電子ピアノの電源を入れて、そこに入っているデモ曲を鳴らしてみたのである。その曲を聴いた時に彼女はその音が自分の頭の中を優しく撫でられるような、くすぐったくて心地よい感覚を覚えた。ピアノが自分を求めているのか、自分がピアノを求めているのかわからないが、お互いが強く引き寄せられたと感じたのである。彼女は今までピアノに触れたことすらなかったが、この瞬間から、完全に電子ピアノの虜になった。

そもそも彼女は、音楽にさほど興味はなかったのだが、先天的な音楽的能力を備えていて、譜面などなくても、自分自身の感性でピアノを自由に演奏することができたのである。このように詩音は、週に1度やってくる男の相手をする以外は、ピアノに没頭する毎日を過ごした。欲望を満たした男が部屋から立ち去ると自分を癒してもらうかのようにすぐにピアノに向かった。うまく弾けるのでついつい没頭してしまう。するとさらに上達してもっと楽しくなる。このような好循環が繰り返されていく。やがてそれはさらにエスカレートし、徐々に体とピアノとが一体化するような特別な感覚を詩音に与え始める。弾けば弾くほど通常のピアノでは考えられないほどの刺激的で危険な快感が詩音の体を走り抜けるのであった。そしてその快感は詩音の脳に特別な作用をもたらしていたのである。このピアノ、それは詩音の脳にとっては確かに普通のピアノではなかった。

《詩音が鍵盤を弾いている。その曲は電子ピアノに入っているデモ曲と同じ曲だ。詩音はその曲を弾きながら目を潤ませ顔を赤らめる。柔らかな音の振動が詩音の体の細かな産毛を共振させる。呼吸が激しくなり、腰の位置を少しずらして背筋をのばし始める。ときには強い音の振動が詩音の体表を撫で上げるように移動する。詩音の肌からは玉の汗が吹き出し、そのしずくが首筋から胸へと消えてゆく。音はやがてうねりとなって部屋の残響とともに体表に往復運動をもたらす。魂が共鳴を始める。純白の肌はその共振に向かって身をよじるように昇華し始める。全身の産毛は棘《とげ》のように逆立つ。そして声のない開口と舌に加速された叫び。その瞬間に詩音は腰を少し前にずらしたかと思うと突然目を見開いた。変拍子のように呼吸のテンポを狂わせながら彼女の瞳の中にあるものすべてが純白の肌の共振によってリセットされていく。禁じられていた噴出を許可され堰《せき》を切ったホワイトホールのように吐き出す歓喜の声が響き渡る。時間が止まったような絶頂感のあと、しばらくすると忘却という名の休息が訪れ、やがてゆっくりと時間は息を吹き返し、逆立った産毛はゆっくりと優しさを取り戻す。そして変拍子の呼吸はやがて通常の呼吸のテンポへと戻っていった。斜め上を向いた瞼《まぶた》からは涙が流れ出していた》

実はこのピアノは、敬介が楽器メーカに在籍していた時に作った試作品であり、行われるべき廃棄処理をたまたま免れたものであった。この電子ピアノに搭載されていた音色には、当時敬介の発明した「アトラクター逆変換理論」が用いられていたのである。この試作品はサンプリングされた高級グランドピアノの音に快感成分を織り込み、エクスタシーが感じられるような音色が搭載されていたのだ。楽器で電子ピアノの研究開発をしていた敬介は、電子ピアノビジネスをもっと拡大するために、すぐれたピアノを開発すべきと考え、気持ちよく弾ける電子ピアノの研究開発をしていたのである。敬介は、この電子ピアノを弾いた人が、波形に含まれる快感成分の作用により、エクスタシーを感じてよりピアノの虜になるようにしたかったのだ。しかし理由があり、この電子ピアノの効果は、社内の人間達には十分に理解されず新製品の提案も却下されていた。

この理解してもらえない理由は2つあった。1つ目は、当時敬介が開発を始めた頃のアトラクターキャラクターは、その効果を強くするための増幅技術を用いていなかったため、エクスタシー効果を十分に得るまでの強度に達していなかったことである。そして2つ目の理由は、仮にこのエクスタシー効果が十分に出る強度であったとしても、この音を聴く側の脳に一定の能力がないとその効果が得られないことである。不運にも、この試作品の評価会に出席した会社の幹部には、この能力を備えた人物は一人もいなかった。その結果、彼らには今回の評価対象である試作品の音が、何ら普通の電子ピアノの音と変わらないようにしか聴こえなかったのである。理論的には間違っていない中で、敬介は試作品の研究続行と改良による再評価を求めたが、経費削減しか興味のない評価者達によって、この試作品は、改良を待たずに失敗であると結論づけられた。その後も、敬介の革新的な研究は次々と否定され続け、あげくのはてに敬介は他のセクションへと移動させられたのであった。その後、敬介が試作したピアノは研究室に管理者不明のまま放置された状態となっていた。

詩音の部屋にあったピアノはまさにその試作品のピアノだったのである。社内評価が終了すると通常は捨てられるはずの試作品であったが、既存製品を利用し内部のみ改造して作られた試作品であり、傷もなく、音を聴いてもその違いに誰も気がつかなかったため、廃棄処理係に開梱されただけの新品と間違われたのである。こうしてこの試作品は廃棄を免れ、一旦工場のリサイクル部門へと移送された後、アウトレット品として販売用に再梱包され店頭販売された。このように敬介の作った音を搭載した試作品は普通の電子ピアノとして通りすがりの男性が購入したのである。いうまでもなくその男性が詩音の愛人となった人物である。彼はピアノを購入した後に少しだけ弾いてみたのだが、すぐ飽きてしまい、ピアノは彼の愛人専用マンションの一室に放置されていた。その後、詩音がこの部屋に住み始めることになり、このピアノと出会ったのである。

詩音はこの電子ピアノに出会った時から、明らかにこのピアノの良さを感じ取ることができていた。彼女の頭の中には、敬介の作った音色の影響を十分に感じることができる特殊な脳内神経細胞すなわち「ニューロンクラスター」を備えていたのである。そして、このピアノを弾けば弾くほど、その音色は詩音の「ニューロンクラスター」にダイレクトに作用し、彼女に快楽作用を及ぼしていたのである。

また、この電子ピアノにはその音の性能を顧客にアピールするため、デモ曲が1曲搭載されていた。操作パネル上にはデモスイッチがあり、それを押せば敬介の試作した音と曲で自動演奏が直ちに始まるのである。敬介は既に音楽家としてピアノ作品を多数発表していたが、この曲だけはデモ専用として適当に作ったものであり、もちろん自分の作品であることは世間には明らかにしていなかった。このため作曲家としての敬介の曲はある程度知られていたにもかかわらず、このデモ曲だけは作者不詳のままとなっていた。

詩音は自分でピアノを演奏する他に、この電子ピアノに入っている「誰が作ったのかわからないデモ曲」をとても気に入ってしまい、毎日聞き返すことが日課になっていた。

その感覚は、父親の背中で揺られるような気持ちよさから始まり、深い愛情につつまれる気持ちよさ、自分の錆び付いた心のとびらを大きく解放できるような気持ちよさ、そしてまるでピアノに愛撫されているかのような、今まで感じたことのない快感、そして全身をリセットするかのような絶頂感、すなわちエクスタシーすら実感することができた。

詩音はやがてこのデモ曲を自ら演奏してみたいと思い始めた。そして聴いた音に対応する鍵盤を探し出し自ら演奏技能を向上させてゆく。これまで音楽教育とは無縁な詩音であったが先天的にもちあわせていた音楽の才能が覚醒する。詩音はピアノを弾く楽しさに没頭し、ひたすら弾き続けた。

このような楽しみを毎日繰り返し、詩音は敬介の「忘れ物」である電子ピアノに魅せられて成長していった。そして、その腕前は素人レベルを遥かに超え、超絶技巧かつ繊細なピアノ曲までも軽くこなす技術まで身につけてしまったのである。さらに驚いたことに、前述のように敬介が狙って創り込んだこの電子ピアノの音色は詩音の他の能力にも影響をおよぼしていた。この電子ピアノに仕組まれた音色の波形の影響により、彼女自身に天才的な論理思考力が身に付いてしまったのである。

彼女はマンションの一室でほぼ軟禁状態であったが、ネットを駆使して世界中の文献を多読し、膨大な知識を身につけ、いつの間にかオンライン数学オリンピックでグランプリを受賞するほどの能力を身につける。その結果、彼女のことは世界各地のニュースで紹介され、数十の国の代表や、最先端企業や大学の研究所、さらには裏社会からまでも頭脳協力のオファーがあった。

しかし詩音にとって、本当にやりたいことはピアノだったのである。ピアノは自分を裏切らない唯一の友達だった。ピアノを弾くことで自分自身が深く癒されてきたし、孤独から逃れることができた。そして自分の人生が開花しつつあると感じていたのである。

ある日、そんな彼女に対してオファーをしてきた有名音楽研究家の招きによって、ある音楽大学の研究所に進むことになる。

詩音を愛人にしていた男は、詩音が自分よりも知識と名声をつけてしまったため、とうとう詩音をマンションから追い出す。そして詩音の気に入っていた電子ピアノもどこかに捨ててしまった。詩音は今まで自分を救ってくれた電子ピアノが捨てられたことを知ってとても悲しんだが、これからやってくる本物のピアノとの出会いにも期待を膨らませていた。そして詩音は次の居場所として有名音楽研究家の自宅で居候しながら、ピアニストとしてもデビューに向けてレッスンを受けることになったのである。

ちなみに彼女が招かれた音楽大学は、音楽の先端情報に乏しく古典音楽ばかりを弾かせる学校であった。また、練習方法も保守的で、くる日もくる日も教授の好みに合った効率の悪い練習方法に耐えなければならなかった。また教授陣は詩音で一儲けするために、コンサート受けのよい曲ばかりを選曲していた。さらに困ったことに「変な指の癖」がつくという理由で、詩音が好きだったあの電子ピアノに入っていたデモ曲を演奏することを固く禁じてしまった。

詩音のお気に入りのデモ曲の作曲者は実は敬介なのだが、敬介の音楽制作の手法はクラシックの禁則といわれている方法を無視しており、教授陣はこのような禁則を使用した曲についてはクラシックの品格を欠くものと決めつけ排除しようとしていたのである。そしてこれからデビューする詩音には「クラシックのためだけに生まれてきたようなイメージ」をつけさせたいという野望があった。このような詩音への清楚なイメージ付けと行儀のよい曲を準備し、あとは商材作りの定石として「天才」という言葉で飾り立てればそれなりの客が集められるのだ。ピアノを生涯の仕事にできるかもしれないチャンスだと思っていた詩音は、やむなくこの教授陣の出した教育方針に従わざるを得なかった。

昨今では、音楽ができるだけで生活力のある男にみそめられ、トロフィー花嫁となり幸せな人生が過ごせるといった過去の神話はとっくに崩れ去っている。さらに古典音楽だけを学ぶことについて、その将来性についても冷ややかに評価されている。当然人気のない学部は敬遠され詩音の通う大学も火の車状態に近づいていた。

その影響もあり、この大学は、もう10年以上、音楽の才能のある学生に恵まれていなかったが、広告塔となった詩音のおかげでイメージがアップし始めた。そして教授陣の強力な介入によって、瞬く間に国を代表するピアニストに仕上がったのであった。全国各地で多くのソロコンサートをこなし、その演奏は多くの人びとに愛されていった。

しかし彼女はピアニストとしては十分な名声を得たはずだったが、その半面、好きなはずのピアノをどんなに弾いても、電子ピアノを弾いていた頃のように自分の演奏が再現できず、次第にストレスが蓄積されていった。そんなことを全くわかってくれない大学側の教授陣達は、商材である詩音を使ってさらに保守的なコンサートを企画し続ける。そして詩音はついに自分の音楽活動そのものが世界の音楽の進化を妨げていると考えるようになった。詩音は今の音楽活動に嫌気がさし、とうとう世話になった音楽研究家達の支援を断り、自由なソロ活動を開始すると決意した。

詩音は久しぶりに誰にも聴かれない場所であのデモ曲をグランドピアノで演奏してみた。もちろん指は完全にその曲のメロディを記憶している。そしてゆるやかにあの曲をスタートさせた。久しぶりのあのイントロが始まる。しかし、気持ち良いことは良いのだが、昔の感覚とは明らかに異なっていた。何度弾いてもあの時のような強いエクスタシーが感じられないのである。

それもそのはずであり、あの特別な感覚は敬介の作成した特別な波形が織り込まれた音色を使用しないと再現できないのだ。なにも知らない詩音は、ふるさとを失ったかのような気分になった。詩音自身は自らを責めた。デビューに目がくらみ、教授陣の言いなりになってしばらくあの曲を弾かなかったものだから、自分の演奏テクニックが落ちたんだと思った。その後も当時を思い出し、何度も何度もその曲を演奏してみた。しかしどんなに演奏しても昔のような快感を得ることは到底できない。詩音は自分の演奏能力を奪ったのは自分が間違った音楽教育の道を選んだ罰であると深く悔やんだ。そして、唯一の自分のよりどころを失った大きな失望感から精神病を煩い、ピアノが弾けなくなってしまうのであった。

彼女が活動を停止したことをメディアは最初は取り上げたものの、それ以降は全く取り上げなくなった。この業界は非常に競争の激しい世界であって活動を停止してしまうことはピアニストとしては命取りなのである。詩音は心を病んでしまった自分がピアノを弾くことは病原菌をまき散らすようなことだと人前にでることをやめてしまった。

人目につかなくなった彼女はまるで役割を終えた広告のように忘れ去られていった。やがて生活費すら底をついた彼女には誰も近づかなくなり、飢えと孤独で精神状態はますます悪化していった。体は極端にやせ細り、顔はやつれ、ただ床に伏すだけの人になった。人間は大抵の場合どんな苦境にあろうとも、自分のことを心の底からわかってもらえる人が一人でもいれば生きていけるものだ。しかし今までの人生を振り返って見ると、彼女の周辺にはそんな人は一人もいなかったのだ。彼女の心には喪失感を遥かにこえる無念さが湧き上がっていた。なぜ自分は生まれてしまったのだろう。自分はこの世の中に不要。生きていることが苦しい。呼吸をすることが苦しい。考えることが、存在していることが苦しい、意識があることが苦しいのだ。そして心は決壊を始めた。

詩音は衝動的に死のうと思い、自宅の玄関から裸足で道路に飛び出した。近づいてきた車はそれをみつけて急ブレーキをかけ、けたたましい音をたてながら詩音の直前でストップした。運転手がなにか怒鳴ったかと思うと車はすぐに走り去った。道路にうずくまり詩音は自分を捨てた両親のことを思い出した。愛情をまったく注いでもらっていないはずの親なのに、なぜか両親のことを思い出した。顔もわからない両親なのにまるで条件反射のように包まれたくなった。子どものように甘えたくなった。しかし固い道路の上で詩音はたった独りなのだ。彼女がそこでできることはただ泣き出すことだけだった。

その時、詩音に一人の男性が近づいて来た。その男性は自分も死にたいと思っている一人であると詩音に告げた。なんともいえない重い連帯感がその場を漂った。

その男は初対面であったが、詩音の父親のことと、詩音の幼少からのことを詳しく知っていたのである。そして詩音の父は既に他界した人物であり、その父はあるテロ組織のボスであったことも明らかにした。詩音を施設にあずけた後に、とても後悔したらしいが、自分がテロリストであることから、会わせる顔もなく、娘を連れ戻すことができなかったと言う。このとき詩音の心は父の話題に強烈に反応した。天涯孤独である自分の心になにか一筋の光が差し込むような気がしたのである。男は説明を続け、生前の父の遺産は娘である詩音に与えると父が言い残していたことも伝えた。

詩音はこの男から自分の父がどのような思想をもって、テロリストとして活動をしていたのかを詳しく聞き出した。そして話を聞けば聞くほど父親の行動に共感し、そのテロリストに親しみを持ち始めた。テロリストに所属するほぼすべての人達が自分と同じような心のダメージを背負っていた。しかし自分の父はその人達の心を救い続ける活動もしていたのである。そしてその男性自身も詩音の父に育てられた一人であることを打ち明けた。これから自分は同じ境遇の仲間のために勇気をもって命を捧《ささ》げるのだと説明した。自分の正義のために人が死んでいく姿は彼女の心には最高の自己表現をするアーティストのように鮮烈に映った。やがて彼女はどうせ命を捨てるのならば、世界を再生するために有効に使いたいと思うようになる。詩音はこのテロリストの思想に深く共感し父の遺志を受け継ぐべく役に立ちたいと思った。そしてテロリスト達とともに人生を全うしようと決意したのであった。

男は近くに乗り付けてあった部下の車を引き寄せ、詩音を車に乗せた、彼らはその後、複雑な交通機関を乗り継いで、数日後にあの砂漠のオアシスから超高速エレベータで地底湖に建設されたアジトにたどり着いた。

新たな使命

そのアジトの司令室で詩音は仕事を始めた。いたるところに通信設備とコンピュータが設置されている。そしてそこはわずか数名のインテリ達によって管理がされていた。しかし現在のこのテロリストの存続は危機的状況であって、構成員達はほとんどが掃討作戦によって逮捕・

殺害され、このアジトも通信暗号の解読によって居場所を察知されるのも時間の問題であったのだ。

　このため詩音の参加は、他のテロリストにとっては神の救いだったのである。早速コードネームXQという名がつけられ組織に歓迎された。仲間らは詩音が卓越した能力を有していることを良く知っていた。その期待通り彼女はすぐに自分の能力をフルに使って仕事を始める。それはまず、敵の暗号を解読することから始まった。彼女にはニューロンクラスターを変化させた「アトラクター感受性」が備わっているので暗号解読はたやすいことであった。さらにこのアジトが知られないように敵の暗号解読を撹乱する技術なども開発した。このため世界科学者連合の技術でもなかなか詳細な情報をつきとめることができないでいたのである。

　このように、テロ組織では彼女の卓越した能力は大きく貢献し、いつのまにか彼女自身も重要なポストの仕事を任されるようになっていった。彼女の優しく強いキャラクターは仲間達に慕われ、女神のような存在となっていった。しかし、そんな一方でテロ撲滅を目指す掃討作戦は強力かつ継続的に行われ、じりじりとこのアジトへも危機が訪れ始めていた。

　このテロリスト集団は比較的長く持ちこたえたほうであったが、次第に詩音の暗号撹乱技術も効果が薄れ始め、誰もが、この先は遅かれ早かれ最終的には自決しかないと思い始めていた。

そしてこの集団の最期はテロリストの創始者の娘であるコードネームXQすなわち詩音の考え

にすべてを任せようという意思統一に至っていた。

あの電子ピアノによって「アトラクター感受性」を持ち得た詩音にとっては、実のところ、他の人間はチンパンジーと同程度の能力しか持ち得ない生物に思えていた。しかし自分を助けてくれたテロリスト仲間達には常に尊敬の念をもって接していた。それに引き換え、社会的イニシアチブを手玉にとった一部の富裕権力層に対しては、激しい憎悪の気持ちをもっていた。今も掃討作戦は容赦なく行われ、既に多くのテロリスト集団が滅ぼされている。

詩音は自分のテロ組織の今後について考えた。既に食料も底をつき始めていて誰もが集団自決を覚悟している。もちろん自分も最初からそのつもりだった。そしてどうせ集団自決するならば、この社会すべてを同時に滅ぼせないかと考えた。この社会が一度滅べばまた最初から新しい社会が作られるはずだ。本当に最初からになるが少なくとも今を苦しんでいる人はこれ以上増えることはない。創造のための破壊だ！　詩音は仲間に自分の方針を打ち明けた。

通常ならば物資が少なく弱体化した組織に世界を滅ぼすことなど到底不可能なはずだ。しかし詩音にだけはそれが可能である。なぜなら、彼女の知能を用いれば「神の関数」を攻撃することが可能であるからだ。

詩音は暗号通信を用いて世界に分散する同志達に対し、これから「神の関数」に攻撃をかけて自分達もろとも世界を完全に消失させたいと語りかける。

「誰もが何の罪もなく、生まれてきた。最初にあたたかな母の胸に抱かれ、平和で愛につつまれた世の中に生まれた気がした。まだ、自我も十分芽生えていない状態で私は両親に捨てられた。一度は殺されたと言ってよいだろう。まるで作文を棒読みするかのように、私の不毛な人生が回転し始めた。しかし間もなく自分の下にはレールが敷かれていることを知り、どんなにもがいてもそのレールから逃れることはできないことに気付く。私達が世の中が間違っていると主張し、士気をあげて戦ってもすべてはそれぞれのレールの上でのでき事に過ぎなかった。この社会システムは、一部の富裕権力層の都合の良いように、そしてそれを支える中間層には気付かれないようにゆっくりと作り替えられ、細々と暮らす下層生活者の労働力を搾取し、生活力と笑顔を奪ってしまった。今では下層生活者すらにもなれず、命を捨てるためにテロリストとならざるを得なかった人達が合法的に殺されている。でもその誰もが何の罪もなく生まれてきたんだ。不運な環境下でも常にもがきながら成長しようとしてきたんだ。それなのに誰も救われない社会システムができあがってしまっている。こんなデタラメの社会が続くことは人類には不幸な将来が待っているだけだわ。そうね、人類のために決断しましょう。とてつもなく長い時間がかかるかもしれないけれど、私達の間違った世界はリセットして最初からまた創り直されることを祈りましょう」
詩音の言葉を聞いて仲間達から歓声があがった。彼らは詩音の方針に喜んで賛成した。誰かが生きのびることではなく、この世界から争いを失くす社会を再生することが最も大事なことだと確信し、その時がくることを心から待ち望んだのである。そしてテロリスト達は心を1つにし「XQ！」と繰り返し叫ぶのであった。

詩音は異次元社会からの警告もあり、「神の関数」に触れてはいけないことは十分解っていた。しかし負い詰められていた詩音もパニック寸前で視野が狭くなり、慎重な判断ができにくくなっていたのは否めない。再び自暴自棄になりつつあった詩音は、あえて今このスイッチを押すことが、人類のためだと決断してしまったのである。こうやってすべての次元の社会は詩音の判断にその存在を委ねられることになった。そしてこれもこのすべての世界の宿命としてただただ受け入れるしかないのであった。

危険性

敬介と繭子の会話が続いている。カッコウ時計の針が午前2時59分を指している。大きな蜘蛛と中くらいの蜘蛛が台所の天井からカッコウ時計に向かって移動している。その姿は仲のよい恋人同士を思わせるようだ。彼らは戯れながらカッコウ時計にたどり着いた。その直後にカッコウ時計の「カチャ」という仕掛けが作動する音がした。蜘蛛達は体を弾ませたかと思うと、カッコウ時計の扉が開き、カッコウが出てきた。その瞬間に蜘蛛達は扉の裏側に飛び移り、カッコウが3度時報を告げると同時に、時計の中に入っていった。

繭子と敬介はその蜘蛛達の姿を見て少し微笑んでいた。この大きな方の蜘蛛は敬介と繭子には「蜘蛛一郎」というあだ名が付けられている。おそらくこの蜘蛛は毎年違う蜘蛛のはずであるが彼らは毎年「蜘蛛一郎」と呼んで、小さな同居人として親しんでいるのであった。

「蜘蛛一郎とその彼女もそろそろお休みのようね」

「もう眠くなった？」

「いいえ」

「今日は世界のヒーローになった夢が見られそうだよ。平和賞受賞の夢が見られそう」

「そんな賞どころじゃないわ。私は感じるんだけど、今後あなたの発見は世界を変化させていくような気がするの」

「よくわかってるね。本当は変化どころじゃないんだ。それはね、あ、いや、なにを言おうとしてたんだっけ、ど忘れしちゃった」

「1つの発見が次々と発見を生んで混乱しているのね。そうそうアメリカに行く準備を始めないと。私も子ども達のことが一段落したら遊びにいくわ」

「あ……うん、おいで。それまで大変だろうけど、よろしく頼むよ」

敬介が会話を躊躇《ちゅうちょ》したのは、ど忘れではなかった。彼は、藺子にすら言えない「神の関数」について口を滑らせるところだったのだ。それに、敬介は藺子との会話が誰かに盗聴されているような気配も感じていた。万が一、敬介がここで口にした言葉が、どこかに漏洩したならば、それが世界の消去につながっていく危険性を感じたのである。

クオンデリーター

異次元社会ですら恐れていた、「神の関数に触れる」ということはどういうことなのであろうか。それは「神の関数の仕組みを見つけ出して誤差を与える」ということなのである。「神の関数」にわずかでも誤差が発生するとカオスの特徴である「初期値鋭敏性《しょきちえいびんせい》」によって誤差が無限に拡大されすべてのメカニズムを連鎖的に崩壊させるのだ。ただ敬介が定義した「神の関数k」は単に数式に作用する関数の存在のみを示しただけであり、具体的な仕組みについては全くの謎のままだ。この仕組みがわからないと、神の関数は姿を見せないため観察することができないし、もちろん触れることもできない。すなわち本来は見つけてはならない自然の鉄則なのである。

しかし卓越した能力を持つ詩音は敬介よりも早くこの一連の仕組みを完全に理解していて、見えざる「神の関数k」を可視化する技術に成功していた。そこで詩音は、「神の関数k」を具体的な数式に変換していく、そしてその全容を解明し、これとまったく逆の動作を行う「神の逆関数1／k」というものを作り出した。そしてこれを空間に作用させることによって「神の関数k」を可視化できるフィルターを開発した。このフィルターは暗視スコープに取り付ければ「神の関数k」のステルス機能を無効化し簡単に見つけ出すことができるのである。

当初「神の関数」は詩音が思っていたよりも遥かに強靭《きょうじん》なバリア構造であり、破壊するにはとても複雑で高いエネルギーが必要であった。そのバリア構造は多次元フラクタルパズルのようになっていて、すべての鍵が揃わない限りびくともせず破壊することなどできないのである。しかし詩音はこの困難な問題さえも自らの「アトラクター感受性」を用いて乗り越えてしまった。

詩音の「神の関数」を破壊する方法とは、自分の身体が作り出す最もエネルギーレベルの高い「エクスタシーアトラクター」をリアルタイムで抽出し、それを「神の関数」に直接打ち込むというものである。快感の頂点を指す「エクスタシー」とはこれまで身体の各所の制御を担っている神経活動が一旦その役割を放棄し、別の一つの問題に集中して解決にあたるという現象である。そしてその間は他の臓器は停止する。許される時間は数秒以内でありそれ以上長いと多臓器不全を引き起こし死に至る可能性が高くなる。

しかし詩音には「エクスタシーアトラクター」を放出しながら鍵を外せる自信があった。

詩音は様々な技術を統合させ、とうとう「神の関数」を破壊するプログラムを完成させ、量子銃にインストールした。この銃はクオンデリーターと呼ばれ、この自爆兵器が「神の関数」に作用し、全次元の万物を次々と連鎖反応によって消滅していくのである。今まで一つ一つすべてに意味を持って結んできた「縁」はすべて分解消滅し、最初からなかったという存在になる。すなわちクオンデリーターはその名の通り「無限のその上までを消去する」装置だったのだ。

そして詩音は自分が施設に預けられた2月14日を世界滅亡の日と決めて、この日に世界消滅のスイッチを押すことを決めた。そしてその装置に予定の日付と自分のサインを小さく書き込んだ。

ありがとう

カッコウ時計の扉がカタカタと揺れて、プラズマのような青い光が漏れている。繭子と敬介はその針の動きをみて微笑んでいた。敬介は少し気が散ったように会話を続けている。

「愛と神のメカニズムを人工的に作ることができれば、新しい物質や生命を生み出すことができるんだよ。量子スーパーコンピュータでシミュレーションすれば人類の未来を精度よく観測することもできるんだ。人工生命は僕の専門分野じゃないけれど、僕自身は『シナプストレーナー』の開発が一段落したら、この研究にとりかかりたいと思っているんだ」

「人工生命を作って眺めるなんて、神様が天から眺めてるような気分でしょうね」

「もし僕がそれを作ったなら、僕が神様みたいなもんだね」

「遺伝子操作で生命を作り出す研究とあなたの人口生命の研究とは違うのよね？」

「いや、遺伝子にも使えるんだ。DNAの配列も僕が考えている『アトラクター逆変換理論』を用いればその特性を継承しつつも、全く異なった新しい生命を作り出すことができるよ」

「自分達より優れた生物ができたら、それに支配されるんでしょ。SF小説みたいに？」

「それはどうだろう？　でも人より優れたDNAは近い将来簡単に作れる可能性が高い。そしてそのDNAから作られるタンパク質は独自の進化を遂げながら成長する。どんな生物なのかとても興味が湧くよ」

「私達もいずれは旧型になるのでしょうね。でもどんなに進化した生物であっても、必ずそのメカニズムに従っていくんでしょう？　そのメカニズムに必要な『愛』の動作は、相手の気持ちをわかること。そして進化がある限り、どの時代でも絶対に必要な機能であって『愛』があるからこそ進化できる。人はそれを知ることで自分を知ることができるのね」

「君は理数系ではないけれど、理数系の僕よりも遥かにこの世の中のことをロジカルに理解しているように思える。これまで僕は君に1つの数式の概念を説明しただけなのに、君はまるで昔から知っていたかのように世の中の仕組みをこの数式に例えて考えているよね。つくづく凄い人と一緒になれたもんだ」

「私は確かに理系じゃないけど、心で感じるのよ。そう言ってもらえるとなんか自分にも意味があるように思えてとても幸せな気持ちになるわ。ありがとう」


敬介は「神の関数」の危険性について一人静かに考えを深めていた。歴史を振り返ると、たとえば核分裂のように革新的で逸脱した技術が開発されると、一方では平和利用が行われるものの、他方では必ず悪用されてしまったという人類の恥ずべき史実が思い起こされる。敬介は、歴史が物語る人間の愚かな行動パターンを鑑みて近未来を推測すると、この先遅かれ早かれ、「神の関数」への攻撃がテロリストによって行われる可能性が非常に高いと感じた。敬介は鬱々とした気分になりながら、予期不安に苛《さいな》まれつつ、自分自身まだ「神の関数」を発見して間もないにもかかわらず、何とかしてこの攻撃を防御できないか検討を始めた。敬介の部屋には多数の技術論文がかき集められ、それがみるみるうちに山積みとなっていく。敬介は、何度も、様々な方法を用いて防止策をシミュレーションしてみたが、「神の関数」の数式は難解過ぎてどのようになっているのか全く解明できずにいた。敬介の疲れは次第にピークに向かっていくが彼の脳だけは粛々とシミュレーションを繰り返していく。そして攻撃の防御は絶望的であることが判明したのであった。それはどんなにあがいても人類は世界滅亡のスイッチが詩音によって押され滅亡する時を待つことを意味していた。

初めての嘘

アメリカの敬介と日本の繭子がネットで話している。

「今日はなんだかあなたの顔色がすこし暗いように見えるんだけど、何かあったの?」

「今日は自分の頭脳の限界を感じたんだよ。でもよくあることだし、大丈夫だよ。いつも気遣ってくれて、ありがとう」

「研究に失敗してもどうってことないわよ。世界がひっくり返るわけじゃないし。もし仕事ができなくなったら私が何でも仕事して稼ぐから大丈夫よ」

「ありがとう。いつも多くの愛をもらえて本当に僕は幸せ者だよ」

「そうよ。あのメカニズムに逆らわないように、愛を持ち続けましょうね」

「そうだね。人間もメカニズムに逆らうと怖いことになるからね。僕だけじゃない、人類はみなこのメカニズムに逆らうことは許されないからね。だから、僕達は、世の中の人びとにもっと『愛を持ち、幸せになる必要がある』ということを伝えていかなくてはいけないと思うんだ」

「私もつくづくそう思うわ。愛を広げるような活動ができる人生なんて素晴らしいわ」

「今の世の中は、『あの数式』に従って進化を続けている。すなわち、『欲望』で表した係数aが『愛』という一定範囲にあるときだけ進化が始まることは前にも話したよね。この『愛』の係数なんだけど、あれからまた新しいことがわかったんだ。『欲望』すなわちaの値は極端に強過ぎるとエゴになるんだ。また極端に弱過ぎると無関心になるんだよ。この世の中には『愛』という一定範囲の外側に『エゴ』と『無関心』という状態が隣り合わせで、かつ一定の比率で存在しているんだ。最近特に思うことなんだけど、今の人間社会では、小さなエゴと小さな無関心が世の中にはびこり、急速に増殖しているように思えるんだ。最初がわずかに違うだけで結果が大きく異なってしまうことって世の中にはよくあるけど、これと似ている現象が始まりつつある。多くの人の心に内在している最初は問題にすらならない小さなエゴや無関心が、やがて大きく増幅され、とんでもない問題に拡大し社会を滅ぼしつつあるんだ。たとえば、CO

2排出による温暖化やゴミなどの環境汚染などの問題も、すべては『小さなエゴや無関心』から始まっている。そしてこのエゴも無関心も押し通せば、後で何倍にもなってしっぺ返しがやってくるんだ」

「あなたが言っている欲望は、『愛』、『エゴ』、『無関心』に分類されているということね。そして愛がやっぱり大切なのね。すでにその比率が決まっていることも興味深いわ」

「実は、『エゴ』と『無関心』は最大値をはっきりいうことはできないんだ。欲望は無限大になることは数式からみてとれる。あの数式には有限を課すという項があったけど、許される空間を仮に100パーセントという大きさに設定すると『愛』は5パーセント、『エゴ』は約60パーセント、『無関心』は35パーセントという比率になる。僕達のまわりってこのような比率に近くなってないかな？　まあ無理矢理計算で出した比率だからあてにならないかもしれないけれど、でもこの世の中で本当に『愛』がある人って5パーセントしかいないという計算結果に結構うなずいているんだ」

「敬介さんと話してきてわかったんだけど『愛が地球を救う』っていうキャッチフレーズは理論的にも本当だということが数式にも表れてるのかもね」

「そう、メカニズムが正常に動作していたらの話だけどね」

「していたらって、それはどういう意味？」

「今は詳しく言えないんだ。ただ、この宇宙は完全にリセットされる可能性が高いことがわかった」

「それはいつなの？」

「それも予測がつかない」

「それが敬介さんの力でもどうすることもできないってことね。だから落ちこんでたのね」

「そう、僕を含めたすべての研究者達がどんなにがんばっても、この先、世の中を救うことができないことがわかってしまったんだ。それを思うと僕はとても怖い気持ちになるんだ。でも、今、君が言ったように、もしも人類のすべての人が『愛』をもっていれば世の中は絶対に滅ばない。しかし、『愛』を持っている人は僕の計算ではわずか5パーセントしかいない。もし『愛と神のメカニズム』がうまく動作し、うまく進化を遂げたとしてもその作られた世界は5パーセントを除く95パーセントの確率で滅ぶことになる。この確率も誤差はあるにせよ、逆らうことのできないことなんだ」

「メカニズムに逆らうことはできないって言ってたものね。今、人類は進化する時期が訪れているのに、逆に滅亡しようとしているなんて、なんて皮肉なんでしょう」

「こんなことが途方もない長い時間を経て何度も繰り返されてきているのに、せっかく創った宇宙を神様は滅ぼしてしまうんだ。これもメカニズムの1つなんだ。まあ、でも計算では最短でも100年くらいは大丈夫だと思うから安心して」

「じゃあ、まだ時間はあるんでしょ。これからの研究でなんとかなるかもしれないわ。敬介さんは自分を信じてちょうだい。敬介さんが今心の中で思っていることが正しいと信じて研究を続けてちょうだい」

「君はいつも僕に勇気をくれるね。わかった、ありがとう、自分を信じたいと思う。君のおかげだよ」

敬介は初めて繭子に嘘をついた。そして繭子は敬介の嘘が繭子を安心させるためのものであることにも気がついていた。敬介の頭の中には繭子の優しい顔や子ども達の顔、両親の顔などが浮かんでいた。

宇宙最期の日

詩音の優れた頭脳によって、そして彼女を全面的にサポートしたテロリスト達の最期の底力によって、クオンデリーターは完成した。そしてついに、詩音自身が世界最後の日と決めた2月14日がやってきた。この日、詩音は変装し、海辺のリゾートホテルにクオンデリーターを持ち込み、最後のスイッチを押そうとしていた。

やしの木が揺れる満天の星の下、まるで宝石のような夜景が周囲を覆い尽くしている。ホテルの部屋には大きなウッドデッキが備え付けられており、デッキチェアーには大きなバッグが無造作に置かれていた。そのバッグからは白黒の物体がはみ出しており、よく見るとそれは鍵盤を模倣した銃の引き金のようにも見える。そこに詩音が近づいてきた。

詩音がバッグから取り出したのはクオンデリーターであった。表面に刻印されている日付とサインが光を反射させている。詩音は、クオンデリーターに暗視スコープを取り付けて、その電源を入れた。そしてそこをゆっくりと覗き込む。するとそこには、狙った映像とアトラクターと回路のようなものが合成されて見えている。映像の中に「Love and God attractor」という説明表示が点滅している。それは「愛と神のメカニズム」そのものであるという表示である。さらに照準を動かして見ると、ある場所にはブラックホールのように、真っ暗になっている部分が見える。詩音はそこに照準を会わせて映像を拡大してみた。そして続いて「神の逆関数1／k」のフィルターを有効にするスイッチを入れた。すると今まで全くなにも見えなかった場所になにかが見え始め、やがてはっきりとアトラクターの軌道を覆うような別のアトラクターの存在が見えるようになった。画面の説明表示はしばらくしてから「unknown attractor」と出た。これは、解析不能な物という意味である。すなわちこれは見つけてはならない「神の関数」

の姿なのであった。

詩音は大きく息を吸ったかと思うと、ゆっくりと吐き出した。

「これが人類が見つけることができなかった『神の関数』ね。今から私がこれを破壊したらすべてはなかったことになるのね」

そして詩音はそのスコープを覗いたまま空を見上げた。すると空間には無数のアトラクターが浮遊している。そしてそれらすべてをつなげるかのように「神の関数」が接続されているのが見える。その接続状況は空から見ると超大型の脳神経回路のようになっている。丁度地球が脳幹の部分にあたり、空に見えるアトラクターは脳内の神経を行き来する信号のようだ。視点を移動させて、この姿を宇宙空間側から見ると、これらの神経回路は、たった1つのシナプスのようにも見え、このシナプスをもっと大きな視点から見るとやはりまた、脳の神経回路の集合体のように見える。その神経回路は、さらに他の神経回路と螺旋状に繰り返し接続されているように見える。これが、宇宙そのものの姿であり、空間も時間も区別なく連続していることがうかがえる。一つの宇宙は他の宇宙と接続され、多様体と呼ばれる8つの位相空間のすべてが統合されている様子がうかがえる。この美しい世界……。「愛と神のメカニズム」が途方もない時間をかけて作り上げた時空の作品と言えるだろう。

そして、その美しい世界のメカニズムを見た詩音はゆっくりと目を閉じて回想を始めた。

自分がまだ小さいのに、無理矢理いうことをきかせようと厳しくしかる母親、甘えたいのに冷たくあしらう父親、どんなに親につめたくされても親の言うことを一所懸命聞いてしまう自分、自我に目覚めた頃のこと、自分にとって両親だけを頼りに生きていると気付いた時のこと、不安で仕方がなくてどうしようもないときに施設に放り込まれた日のこと、自分を捨ててどこかへと消えていった親達、誕生日も名前もまったくわからない自分、どこかで詩音のことなど思い出さないようにして、平然と欲望のまま生きていたであろう母親、施設での強烈ないじめ、途方もない孤独感、脱走して乱暴されたこと。泥だらけになってはだして逃げ回った日々、自分の痛みをごまかそうとしていたこと、初めて優しくしてくれた人は自分を奴隷として見ていたこと……。

詩音はつぶやく、

「でもあれだけは楽しかった」

そして詩音はそのとき部屋にあったピアノのことを思い出しながら想像を始めた。

薄暗い部屋に置かれた電子ピアノ。その蓋をあけてデモスイッチを押して見る。すると心地よい音楽がゆっくりと流れ始める。詩音は天を仰ぎ、口ずさみながら、頭の中でその旋律をなぞるように指を動かし始めた。今まであのピアノがないと感じ取ることができなかった最高のエクスタシーを思い出し、詩音は感覚を研ぎすましていく。卓越した詩音の想像力はその曲のイメージを増幅させていく。白く柔らかい肌を守っていた全身の産毛が逆立ち始める。波のように押し寄せるイメージが感覚器を刺激し、刺激された感覚器はさらにイメージを増幅させていく。ひとときも忘れることができなかったあの感覚がそこに近づいているのがわかる。

詩音は研ぎすました自分の感覚を用いて、脳内で昔聴いたあのデモ曲を完全に再現している。そしてその再現されたイメージは脳から全身の神経へと伝達され、一旦皮膚の表面へと露出する。露出されたそのイメージは詩音の体を包み込むように再び刺激を始める。皮膚はそれに応えるかのように産毛を繊毛運動させ、純度の高い刺激を光の粒に変化させて運び始める。その光は束となって体の表面をまるで海流のように流れる。そして束の光は体表の神経密度の高い部分へと吸い込まれるように流れ込んでいく。すると体内に流れ込む光が神経を通って脳に運ばれていくのが見えてくる。そして脳の中には青白く光った複雑なアトラクターが形成されてゆく。

詩音は自分を研ぎすますことでエネルギーレベルが非常に高い「エクスタシーアトラクター」

を作り出した。この力を借りて「神の関数」のすべての鍵を解き放ち破壊するのだ。彼女は自身の能力の99パーセントを使い脳はクラッシュ寸前であるが「神の関数」の難解な鍵を信じられないスピードで解錠していた。

詩音は悦《よろこ》びを感じた。あの感覚が再び自分に戻ってきたのである。体の痙攣が涙をあふれさせ頬をつたっている。唇からも膵液《すいえき》が一筋の光となってこぼれ落ちた。詩音の恍惚とした表情と一定のリズムで脈動しながら身をよじる姿はあまりに美しく、悲しい。

詩音はうっすらと瞼をあけて、ゆっくりと手をのばし、暗視スコープにうつった「神の関数」に照準をロックする。画面には「target lock」と「unknown attractor」の文字が点滅している。

そしてまだ詩音の頭の中に流れているその曲は、最後の楽章を奏でていた。詩音はあのマンションで自分がピアノを弾いている姿を思い浮かべながら、至福の笑みを浮かべている。そして曲がエンディングにさしかかったときに、詩音はクオンデリーターの引き金の近くに手をさし伸べた。フレーズが最後にさしかかった時に詩音はピアノの鍵盤を模した引き金に指をはわせる。その鍵盤を押せばその先は消滅だ。そしてとうとう最後の音が鳴り、詩音は目を閉じて引き金に指をかけた。そして曲は最後の音の残響も消え始める……残響の音もなくなったその時、詩音の指が引き金を半分ほど沈み込ませていく……すると頭の中ではもう曲は終わったはずなのに、また静かにイントロが始まった。それは詩音の想像の中で鳴り響いていたものとは違い、昔聴いていた音色と同じリアルな音で聴こえてくる。詩音は沈み込む引き金の指を止めて、しばし自分の耳を疑う。やはりあの曲が聴こえてくる。そして周りを見渡すと、その音楽はベッドルームにあるつけっぱなしのテレビの方から聴こえていた。

実は、そのときにテレビのニュースで敬介の研究が紹介されていたのである。

アナウンサーが敬介のプロフィールを紹介する。敬介の発明の初期の研究作品として、当時の懐かしい電子楽器が次々と画面に映し出されていた。その中で敬介が作った電子ピアノがあのデモ曲とともに紹介されていたのである。

そして、画面には敬介が開発していた当時のプロトタイプとしての電子ピアノの記録映像が映し出されていた。それはまさに詩音を育てたあの電子ピアノそのものであったのだ。

敬介はそのピアノについて説明を始める。

「当時試作したピアノは失敗作として廃棄されてしまいましたが、記録映像を見ると音はこんな感じになっていました」

これを聞いたアナウンサーは少し思いを巡らすように、

「この曲はなんという曲でしょうか?」

「これは試作品ピアノのデモンストレーション用に僕が走り書きで作った曲です」

「そうなんですか。これも敬介さんの作品だったのですね」

「はい、実験用に作ったものです」

「先ほどから聴いていて、なにか特別なものを感じます」

「そうですか。それはよかった。この曲は僕が今まで一度も公開していなかった作品なので初めて聴いていただいたことになります」


詩音はこのとき、自分を癒し続けたあの曲が敬介の曲であることを初めて知った。そして自分が愛してやまなかったあの電子ピアノも敬介の作品であったことを知った。そしてまるで見失っていた自分のふるさとを見つけ出したような感動をおぼえ、全身の細胞が帰属する場所を見つけたかのように震え、その場に泣き崩れた。そして自分の生き甲斐を生み出した敬介は自分にとって、なくてはならない人だと確信した。詩音は、テレビから流れてきたそのデモ曲が自分に備わったアトラクター感受性によって、再びかすかなエクスタシーを感じさせ、喜びの痙攣が体の中で蘇る感覚を覚えた。なぜ少ししか感じられないかと言うと、試作された電子楽器は１００ＫHzまでの高音が出せるが、テレビの音声はせいぜい20ＫHzまでしか伝えられず波形の効果が薄まっていたからである。

しかし詩音はそのかすかな効果から、今まで忘れていたとても大切な感覚を思い出す。自分はテロリストではなくそれ以前にピアニストであったことを強烈に覚醒する。今まで自分が自暴自棄になりこの世の中を消滅させようとしていたことは、明らかに間違いであったことを悟り開眼する。番組がＣＭに入ると詩音は、その場でクオンデリーターを再起不能に破壊し、その破片をかばんに押し込んだ。そして子どものようにテレビの前にすわりこんだ。ＣＭが終わると詩音はテレビのニュースを凝視し続けた。

アナウンサーは質問を続けた。

「敬介さん、世界中の人が願っていると思うんですが、ニューロンクラスターが足りない人でもシナプストレーナーが使えるようになるのでしょうか？」

「その研究はまだ始まったばかりです。でも技術が進歩すれば、いつかできるようになると思います」

「その日のために備えるというか、私達が今からやっておいた方が良いということは何かありますか？」

「ありますよ。できるだけ脳に対してシナプストレーナーが効率的に働くようニューロンクラスターを積極的に作って置くことが必要でしょう」

「それは具体的にはどのようにするのでしょう？」

「これはまだ完全に解明されてはいませんが、ニューロンクラスターを備えた人の統計から共通していることが1つあります。その人達は、繊細で、人生経験において誠実さと責任感を持ち、人の気持ちを理解するために心を痛め、大いに悩んできた経歴があるということです。この『大いに悩む』と言うことが『愛』の機能に深く関係してきていることがわかってきています。ニューロンクラスターは脳の中で唯一エゴイズムの特性を示さない、『他者を愛することができる脳の回路』なのです。この特殊な神経細胞の塊だけが、私の開発したシナプストレーナーの作用を、なんの疑いもなく素直に受け入れてくれるんです。ニューロンクラスターを備えた人達が今まで『悩みになやんだ行為や時間』は、一見無駄にエネルギーを浪費したかのように思えたかもしれませんが、決してこれは無意味なものではなかったということなのです。

これとは逆に、『物事に鈍感に対応する行為』は、この『愛』の機能の働きを弱めることもわかってきており、これがシナプストレーナーの生成を抑制することもわかって来ています。自分の子どもの頃を思い出してください。弱いものいじめをなくそうとか、相手の気持ちを大切にしようとか、道徳教育が行われていましたが、今の科学ではその必要性が科学的に証明されつつあります。そして目先の利益獲得ばかりに気を取られたエゴイズムを源とする効率主義や競争社会は、残念ながら置き去りにされようとしているのです。

私は子どもの時に、なぜ大人達が『道徳的教育』をそこまで自分達に教え込むのか理由がはっきりしないまま受け入れてきましたが、カオス理論を基盤とする研究に携わってきたことで、はっきりと解ってしまいました。弱いものいじめを失くすとか、相手の気持ちを大切にするという行動は我々が進化するために必要な『課題をクリアするための必須要件』だったのです。現時点で、シナプストレーナーを使える人は残念ながらたった5パーセントしかいません。これは調査で出た数値ではなく、シミュレーションを行うと必然的に出てくる計算結果です。つまり皆さんの中で、相手の気持ちをわかってあげられるという基本的行動ができる人は、最初から5パーセントしかいないということが決まっていたのです。もし、大人の皆さんが自分の行動を見直し、道徳心をもって脳内に進化可能なシナプストレーナーを作ろうとすると最低でも6年はかかるでしょう。これは脳神経の再構築スピードから算出した、ニューロンクラスターの生成にかかる時間です。しかしこれにチャレンジすることは有意義なことだと言えます」

「たとえばどのようなことをすればよいでしょうか?」

「これ以上僕が多くを語ると皆さんは安易に脳を使わなくなります。必要なことはもうすべて言いました。自分で悩み、考え、行動しないと、脳にニューロンクラスターは芽生えないのです」

「世界には今の敬介さんのお話を聞いても、果たして自分はなにをすればよいか全く解らない人もいると思うんです。できればそういう人達にも、身近で解りやすい行動指針のようなものを示していただけないでしょうか？」

「そうですね。では、誰にもできる題材を一つ申し上げましょう。私の調査では、マイノリティの方々はほぼ全員がニューロンクラスターを持っていることがわかりました。これはメカニズム的に照らし合わせて解釈すると、彼らは進化の過程で絶対に必要な人達である解釈できます。ですからこれから皆さんは、何をするにも、マイノリティの方々とうまくやっていけるよう彼らのことを最優先に考え、そして彼らとのコミュニケーションを大切に学んでください。そのような行動から逃げようとすると、この世の中はメカニズムのルールに従って進化をやめ自動崩壊へと向かいます。マイノリティにはすべてその存在意義があるのです。私はここまでしか申し上げられません。マイノリティの方々が心の底から生まれてよかったと思える社会を作ろうとしてください。そのために皆さんは大いに議論し、大いに悩み、そしてチャレンジを繰り返してください。以上です」

敬介は、自然の多様性によって生み出されるマイノリティが貴重な存在であること、すなわち、「人類の進化に必要な課題」を与えてくれるかけがえのない存在であることを伝えたかった。

詩音はテレビを消して深いため息をついた。

「白川敬介……白川敬介……白川敬介……」

詩音はひたすら敬介の名を呼び続けていた。

覚醒で連鎖する宇宙

敬介のこの訴えかけによって、世界の人びとは少しづつ価値観を変えていった。今まではセレブ的生活力や外見の美しさといった表面的な価値基準がもてはやされていたが、やがてそれらへの注目は薄れていく。なぜなら進化した後の世界はそのような概念が過去の遺物となってしまうからだ。そして人びとはこれまでの行動を恥じて価値基準を新たためるとともに、「愛」ある行動を心がけつつ、知的進化できる人間に誰もがなりたいと願うようになっていった。このような人びととの願いが功を奏して、頭脳を他者のために使うことが飛躍的に習慣化されてゆく。

敬介が呼びかけた指示通り、人びとはマイノリティに興味を持ち、その意味について理解し、暮らしやすい社会システムが再構築される。誰もが少しずつ勇気をもちはじめ、愛とは何かを考え、一歩踏み出す人が出始めた。そして、相手のことをわかろうとすることによって、相手も自分のことをわかってくれるようになるという好循環状態を経験し始める。そしてこのような状況が連鎖的に世の中に拡がっていった。

そして彼らのほとんどが「愛」の本当の意味と大切さに気がついていくのであった。

今回、敬介は、数式によって、「愛と神のメカニズム」を発見し、それによって「愛は進化させるために存在している」という「愛」の普遍的な必要性を科学的に説明し世界に知らしめた。

そして「愛」というものの根本的な機能を初めて「メカニズム」として示すことに成功したのだ。

さらにこの「愛」をどこへ最も向けるべきかを示唆した。これらの発見は世の中の人びとを共感させただけでなく、どのような境遇の人であっても、それは人に「愛」と「解決すべき課題、すなわち試練」を提供する役目があることを諭したのであった。これを知った人びとは、自分の存在を根本のメカニズムから肯定できるという深い安心感を心に芽生えさせることができた。


敬介が世界に「愛」の重要性を示すに至った研究活動は、世界各国で注目された。さらに平和活動家としてもメディアに大きく取り上げられ、各国から次々と「愛と神のメカニズム」についての講演申し込みが殺到する。敬介は忙しく世界中を渡り歩きながら「愛」の必要性についての考えを広めてまわった。そしてついに、権威ある国際平和賞の事務局にその活動が認められ平和賞を授与されることになった。

こうして世界の人の心の中のエゴイズムがどんどん小さくなる一方で、人間社会始まって以来の「愛」に満ち溢れた社会ができつつあった。些細な喧嘩やいじめがなくなり、紛争が減少し、自殺率や犯罪率も大きく低下していく。同時に環境破壊指数も平常値にまで下がった。これら好循環の連鎖反応によって、ほとんどの人びとが数年後には立派なニューロンクラスターを脳内に持つことができるようになっていた。すなわち、アトラクター感受性を手に入れる資格がもてたのである。

「悪」のレッテルを貼られていた人びとへの対処も根本的に見直されるようになる。徐々にだが、人の心から過去の怨恨に対する報復意識も薄れ、人びとはテロリストに対しても敵意を和らげ、あたたかで友好的な目を向けるようになる。そして食料などの支援が行われるようになり、少しずつではあるが、テロリストとのコミュニケーションも始まった。テロリスト達もだんだん穏やかになり、「愛」の本当の役割を正しく理解するようになった。彼らは今まで行ってきた反社会行為を精算するために社会復帰を目指すようになっていく。これ以上、雲隠れしてテロを行う必要はなくなったのである。

彼らにとって、自分の親類や仲間が殺された時にできた心の傷は絶対になくならない。しかしその心の傷はなくならなくとも、怨恨はなくせるのではないかと考える人が増え始める。過去に起こったでき事を自らに課された課題とみなして、愛ある行動を実行すれば、メカニズムが動作し人生は進化するはずだ。自分を進化させることができれば辛い過去も今の自分を築くための材料の1つとみなせるようになり怨恨も和らぐ。

テロリスト達が優しい人へと変化してゆく。そして敵対していた社会もこの状況を快く受け入れ、積極的に彼らの雇用機会を提供し、テロリスト達は平和で安定した生活をおくれるようになっていく。幸せになりつつある仲間達の姿を見て、詩音の心の中の怨恨も同様に徐々に薄れていった。そして自らがコードネームXQとして活動した組織も解散し、メンバーはそれぞれの道を歩み始めることとなる。

一般人へと復帰した詩音は本来の姿であるピアニストとしての演奏活動を再び行うことにした。彼女は長い間ピアノを弾かなかったために最初は指がうまく動かず早いパッセージが弾けなかったが、逆に表現力は昔よりもアップしていた。彼女の活動を支援する音楽スタッフも愛のあるメンバーばかりで、自由で優しさに溢れた演奏活動ができる体制が整えられた。そして詩音は彼女のレパートリーの中に、大好きな敬介のあのデモ曲も組み込むつもりでいた。

生まれ変わる詩音

こうして、自分のスタイルでピアニストとしての生活の再開を果たした詩音は、昔と違って自分の演奏にたとえ満足できなくても、人が気持ちよくなればよいという利他的姿勢で演奏を続けていく。その姿勢は、彼女の演奏を熟成させ、聴衆からは昔の演奏よりも有機的で、深い癒しと感動があると高い評価を受けた。そして詩音は曲を演奏しながら過去を振り返り、あの時、クオンデリーターを使わなかったことが本当によかったと胸をなでおろした。

また詩音の心には、苦しむ自分を癒し支え続けたデモ曲を生み出した敬介に対して、初めて経験する恋愛感情が芽生えていた。詩音はこれまで人から恋愛感情をもたれることは多数あったが自分自身が人に恋をしたのはこれが初めてであった。しかし敬介には家庭があることが公然と知られており、もちろん自分が既婚者に対してそんな感情は持ってはいけないと心にブレーキをかけようとした。しかしブレーキをかければかけるほど、その感情は逆に強くなっていくのであった。彼と一緒になれないのなら、せめて彼の表現手段の一部になりたい、音楽を架け橋とした一生のパートナーになりたいと思った。彼の作品を生み育てる専属ピアニストになりたいと願う思いが詩音を突き動かす。詩音は敬介の曲の全レパートリーを完全にマスターし、彼の前で最高の演奏をすれば自分に目を向けてくれると期待をふくらませた。やがて敬介の曲のレパートリーが増えるにつれ、敬介への恋愛感情はさらに高まってゆく。そしていつしか詩音は自分のブレーキが効かなくなり敬介を自分一人のだけのものにしたくてたまらなくなったのである。その目は過去にテロリストを率いた聡明な人間ではなく恋愛感情に翻弄された一人の愚かな女性のようであった。

しかしその考えはまもなく自発的に改めることとなる。なぜなら詩音はあの「数式」を理解していたからだ。自分にとって大切な人を独り占めしたくなることはごく自然なことかもしれない。しかし独り占めしたいという気持ちはエゴであり、あの数式のメカニズムに従えば敬介との関係は滅んでしまうのである。そして敬介が滅ぶということはこの世の中が滅ぶ運命になることも理解していた。敬介は今この世界に必須の人物であり重要な役割を担っているのである。だから敬介にこのまま居続けてもらうためには自分は彼に決して近づいてはいけないと悟った。そして新ためて、自分の天命はピアノで平和活動をすることであると思い直し、これに邁進《まいしん》する覚悟を決めた。この覚悟により詩音は敬介のことを極力忘れるために、あのデモ曲も含め敬介の全作品とは決別することにした。もう二度と敬介の曲は演奏しないと。そして他の既成曲を演奏し世の中を平和へと導く活動をしてゆこうと決めた。

詩音は、敬介への恋愛感情は胸の奥にしまい込んだまま、以後、何年にもわたって敬介以外の曲を用いて演奏活動を続けていった。やがて詩音は自分の活動を通して、ピアノ演奏のさらなる技術を磨き上げ、とうとうあの曲がなくても昔のようにエクスタシーを感じることができるようになる。エクスタシーを感じながら弾きだされるその音と曲は、他のどんなピアニストの演奏よりも、遥かに情感に勝るものがあった。これは詩音の先天的な能力・努力によってもたらされただけではない。実はあの数式に記された愛の動作に準じた行動、すなわち敬介を独り占めしないという行動を詩音が自分のエゴに打ち勝って実行できたからこそこのような進化・成長がもたらされたのである。

詩音のピアノは、防衛本能の備わらない少女のような純粋な音から、全神経を引き裂かれるような狂気的な音まで、非常に幅の広いダイナミクスを備えていた。そして、今までピアノはせいぜい人の心を一時的に癒す程度の効果しかなかったものが、心の傷を治療するまでの効果を示していた。

ピアニストとしての詩音は、見方を変えると敬介が過去に作りたがっていた、「当たると幸せな気持ちになる銃」の人間バージョンと言える。なぜなら、この銃に用いられる「幸せな気持ちになるアトラクターキャラクター」は、詩音自らが自分の演奏から創出させているからだ。そしてこれを人に聴かせているということはその波形を人の心に打ち込んでいるのと同じだ。詩音がエクスタシーを感じながら演奏する曲には、聴く人までも幸せにする波形が多数含まれているからこそ人の心を治癒させることができるのである。

詩音は今までのコンサートのように綺麗なドレスを着て高価な入場料をとるようなことは一切しなかった。ピアノのある所にはどこでも出かけ、調律の狂いですら、そのピアノの特徴にして、様々な演奏で人びとを癒し続けたのである。この演奏で多くの人の心と人生が救われ、やがて彼女の人気は普遍的なところまで昇りつめる。来る日も来る日も彼女のもとへは花束や贈り物が届けられていた。さらに多くの男性から愛の告白を受けていた。詩音は輝かしいスターとなり何の不自由もなく人生を楽しんでいるように見える。詩音自身も自分の今の人生には十分満足していた。ただたまに頭をよぎる唯一気になることはやはり……。

「白川敬介……忘れようとしても忘れられない人……」

進化へ

敬介が開発を行ってきた、シナプストレーナーは6年の歳月をかけてようやく完成を迎えた。安全性を見極めるための機関である国際倫理保険機構の臨床検査もパスし、人びとにいよいよアトラクター感受性を植え付ける時が来たのである。

これまでの懸案事項であった「シナプストレーナー」の倫理的な問題についてもこの6年間

の間に十分な議論がなされ、特に大きく問題視されてきたことは、進化する人としない人、もしくはできない人との間に発生する種々の格差問題であった。これらの問題は多面的に議論と検証が尽くされた結果、平和的かつ継続的に共存が行える体制が準備された。

人類の進化する日、つまりシナプストレーナーの使用解禁日はたまたま敬介の誕生日でもあった7月2日に設定された。そして、その日に世界科学者連合や国の公共機関のサーバからネットを通じてプログラムが配信されることになった。世界中の人びとは、これまで自国の機関から進化前後の対応について十分な訓練をうけていたため、躊躇する人はほとんどおらず、心の準備も万全であった。人びとは進化の記念日となる7月2日をいまかいまかと待ち望んでいた。

世界には既に平和が訪れている。昔と比べると信じられないほど世の中が変化した。そしてこれらは人間の脳にも大きな変化をもたらしていた。それはニューロンクラスターを持っている人が、この6年間で5パーセントから99.9999999パーセントにまで増えたことである。

つまり、人類はこの6年間、メカニズムに準じた愛ある模範的行動を行った結果、国籍や人種に関係なく全員が進化をすることができる脳を備えることができたのである。その一方で、ごく一部ではあったが、未だに進化できない人達もいた。

それは、敬介の言った通りの行動を嫌い、なにもしなかった人達である。たとえば、世界科学者連合の株を多数保有していた一部の株主達の中には、極端なエゴイスト達の名があった。彼らは表向きはマイノリティを大切にするというふりをしながら、実はいち早くシナプストレーナーを先取りして他者より優位に立ち、未来永劫のイニシアチブを独占しようとする金融マフィア系の関係者である。彼らはシナプストレーナーが完成した直後に誰よりも先に自分達に使用させるように世界科学者連合に要求した。世界科学者連合はこれについて拒否するが、このエゴイスト達に雇われた最強の弁護士集団によって裁判で敗訴し、命令に従わなくてはならなかった。そして、完成直後のシナプストレーナーは7月2日の解禁日を待たずに優先的に譲渡されたのであった。しかしこのエゴイスト達や弁護士集団はこれまで自分の利益ばかり考えてきたために当然ニューロンクラスターが脳内に備わっておらず、どんなにシナプストレーナーを使っても進化できないのであった。

シナプストレーナー

人類の進化が始まる7月2日はもうそこまで迫っている。人びとは静かにその時を待っていた。

さて、ここで、シナプストレーナーの使い方を説明しよう。シナプストレーナーはアプリケーションソフトウエアであり、使用するにはシナプストレーナーが動作する端末が必要だ。まず使用者の端末からシナプストレーナーを立ち上げ、ヘッドフォンを装着して準備は整う。トレーニングはテスト信号を聴いて自分がイメージできたものを音声あるいはキーボード入力して回答を繰り返すという手順だ。

最初は音から何のイメージも浮かばないが、しばらくトレーニングを続けていくと、飛躍的にイメージが沸いてくる。そして、まるでスポンジに水がしみこむかのように脳の神経が活動する感覚が得られる。やがてテスト信号に含まれる文字のイメージが徐々に頭に浮かんでくるようになる。それは、ニューロンクラスターが入ってきた音に対してなんの拒否反応もなく素直に受け入れ、音に織り込まれた暗号を「アトラクター感受性」によって解読し初めているからである。さらにこのトレーニングを続けるうちに、テスト信号に対して使用者のニューロンクラスターが共鳴を始める。これによって共鳴を起こしている部分の神経細胞はヘブの法則により一層強い結びつきとなって信号は定着される。そしてシナプストレーナーからOKサインが出た時には「アトラクター感受性」の神経回路が完成したということになる。

このテスト信号が見分けられようになったということは、今まで2次元の音しか認知できなかった感受性が、3次元的に解読できるようになったことを意味する。その時には誰もが額の中央あたりにもう一つの感覚器があることに気づくのだ。実はこのとき人間は従来とは全く異なる情報処理をしているのである。今まで人間は音を聴く場合は2つの耳で聴いていたのだが、その感覚器とあわせて3つの感覚器を駆使した情報を処理するようになるのだ。

この新たな感覚器は第3の目といわれているようなものと考えてよいだろう。誰もがトレーニングを進めていけばいくほど、この第3の目を一層強く意識して音の解読を行うようになる。すると今度はこの音から映像、温度、臭覚、触覚など、まさにそこに自分がいるかのような感覚を感じるようになる。これは量子のもつれ状態によって作られた量子データ群を解読する情報処理能力が脳に備わったからなのである。すなわちニューロンクラスター内の脳細胞は異なる次元の情報を解読することができるようになったのである。

そして、このトレーニングが終わって、被験者は目をあけると、信じられない世界を見ることになるのだ。脳内に浮かび上がる映像は、目から入ってくる情報だけでなく、遥か上の異次元の世界も同時に見えてしまうのだ。

この異次元の世界とは、万物が知的量子データとして混沌と存在する世界である。たとえば人間が死んだ場合、体が分解されるが、細胞一つ一つが壊れていく段階において、細胞としては分解されるものの、その経緯はすべて時間データをベースとする量子データとして空間に残る。これは3次元空間上ではもう元に戻すことはできないので、従来の人間なら消失あるいはばらばらになったと解釈してしまうだろう。しかし異次元の中では時間データをベースとして関係性が保たれ、一見離散的《りさんてき》であってもその結合は失われてはいないのだ。このため異次元空間内では1つの個体としてその集合体がしっかり保たれ続ける。保たれるというよりもこれが当たり前の自然界のメカニズムなのである。そしてそれは亡くなった人間であっても1つの生命体として見ることができるのである。一言で言えば、「死後の世界は存在する」ということなのだ。そして「アトラクター感受性」はこの空間にあるデータを多次元処理することによって、量子空間になにがあるかをはっきりと見聞きさせてくれるのである。

そして新たに見えてくる世界には「死に別れた家族や友人、ペット」などが元気に暮らしているのが見えるのである。そして見えるだけでなく、会話を聞き取ることや、においをかぐこともできる。この映像は最初は3次元の映像に重ね合わされたように見える。特に最初はこの状態に慣れないため、気分が悪くなることがあるが、慣れてくると自分の見たい次元に意識を向ければチャンネルをあわせるように選択的に見分けることができるようになる。

このようにニューロンクラスターが訓練されて異次元の情報が解読できるようになったことが「アトラクター感受性が備わった」ということなのだ。そしてこの能力を有する人類は旧来からのホモサピエンスと学術的に分類するため「ポリフォニックサピエンス」と命名された。

ポリフォニックサピエンスは、一見は普通の人間だが、ホモサピエンスに見えなかった異次元情報が見えるだけでなく、自意識が他の次元に移り住むことが可能である。今までは、異次元から現次元へ自意識の移動はおろか通信することすらできなかったのだが、今回の進化によって異次元での情報収集や生活が可能になった。また、異次元では時間を進めたり逆行することが可能で、タイムトラベラーのように時間の旅をすることも可能だ。

ポリフォニックサピエンスになって別の次元を見ているうちに、今まで全く経験できなかった新たな経験をすることができる。たとえば、誰もが「天国や地獄」といわれていたものが、実は自分のすぐそばにあったのだと言うことを知る。また、自我という意識は実は一体化した量子によるつながった膨大な集合体から櫛《くし》の歯のように突出している部分的な意識であったことを知る。すなわち生命というものは、実はそれぞれが独立した個体ではなく「量子のもつれ」でつながっていることに気がつくのである。

膨大な「量子もつれ」の集合体がすべての次元の母体であり、人類とはその中の部分的な集合体なのである。そしてこの集合体のさらなる一部から表出する個体すなわち一個人にはある役割が課されている。それは個体として課題を解決しながら自分自身を進化させ、さらにその母体へと進化情報をフィードバックすることである。またこの表出する個体の部分は近隣の個体とカオス共鳴し進化を加速させる。つまりこの櫛形の先端である我々個体は様々なことに気を使いつつ、労力を費やしながら大切な仕事をしているのである。人間として生きるのに楽しい時があったり、辛い時期があったりするのはメカニズムによって進化情報をフィードバックするためだったのだ。特に多大な進化を担っている人ほどこの苦労は大きくなるようになっている。個体として進化成長した後、その情報は「死」というフィードバック現象によって母体集合体へと返還される。これとは逆に「生」という現象は、櫛の歯が突出するように母体集合体から現次元へと芽吹くように生まれ出ることを指す。

ポリフォニックサピエンスに進化することよる最大の収穫は死生観だろう。進化によって人は「死」というものが、単なる異次元への引っ越しであるのだということを知るのだ。もちろん「愛と神のメカニズム」の意味についても一瞬にして理解できるのである。

そしてついに人類の進化が開始する7月2日は訪れた。多くの人びとが順調にシナプストレーナーを使いこなし、それからわずか一週間もしない間にほとんどの人間がポリフォニックサピエンスに進化していった。また今まで無関心なエゴイスト達も改心に時間はかかっているが、最後の最後にようやく進化できそうである。

敬介の功績で最も大きかったのは彼がこのメカニズムを発見したことであるが、そのなかで人類を救ったものは、脳のニューロンクラスターを芽生えさせるための「人の心に響くスピーチ」であった。彼は、「相手の気持ちを考える」という至極当たり前なことを世の中にもう一度徹底させたのである。そして一滴の血も流さずクオンデリーターからの脅威を回避し、すべてを平和的に解決したのである。それは「創造がもたらした平和」であった。

世界は生まれ変わった。誰もが、これからも起こるであろう様々な問題は進化するための課題であることを理解し「誰一人として犠牲にしない社会システムを作れ」というメカニズムのメッセージに忠実に実行する世の中ができあがった。

平和賞の式典にて

世界中の人びとが、敬介が国際平和賞を受け取りにいく姿を見守っている。そばには妻の繭子がつきそっていた。レッドカーペットを歩く二人は微笑みながら恥ずかしそうに会場へと向かっていた。

そしてその後リムジンから降りてきたのはなんと詩音であった。実は詩音も平和に貢献したピアニストとして国際平和賞を受け取りに会場に招かれていたのである。いつもは質素な服で演奏活動を行ってきた彼女であったが、この日だけはピアニストらしく深緑のビロード地に金糸のレースをあしらったゴージャスなドレスを纏っていた。

詩音はこうして今日敬介と対面できることに運命を感じていた。昔、敬介をテレビで知ったあの頃は自ら会うべきではないと考えていたが、こうして天命を果たして来た結果、その流れでの必然として今日の日があるのだと思っていた。心を躍らせる一方で、敬介が自分を見てどのような印象をもってくれるかがとても気になっていた。


敬介と詩音はともに受賞証書を受け取り、ＢＧＭを演奏しているオーケストラの演奏は会場の拍手に完全にかき消されている。繭子は会場から満面の笑みを浮かべてそれを見ていた。そして司会者が敬介にマイクを向けた。

「今この番組をご覧の世界中の皆さん、これからこのお二人に受賞スピーチをしていただこうと思います。詩音さんはこちらにおかけください」

詩音はステージ上に準備された受賞者用の席に案内される。そして敬介から離れる時、彼に軽く会釈をした。その時初めて敬介と目が合った。司会者は淡々と議事を進行する。

「では敬介さん、スピーチをお願いします」

会場は再び拍手の渦と化した。

「このたび受賞させていただけたのは、皆さんの誠実な心のおかげです。本当にありがとうございました。これからも進化を希望する方々が全員無事に進化できることを願っています。ご存知かもしれませんが、僕はまだ進化していない人間です。僕の脳には今もニューロンクラスターは育っていないんです」

会場は一瞬どよめいた。詩音は軽くその時目を閉じた。

「でも進化をあきらめた訳ではありません。自然の法則に従いながら、僕もゆっくり進化したいと思います。そして妻も同じタイミングで僕と一緒に進化したいと考えてくれています。これからはポリフォニックサピエンスになった人達は新たな社会を作っていかなくてはなりません。綿密なプログラムに従ってホモサピエンスとの平和的共存を考えながら、別の世界においても平和な社会を作ってください」

スポットライトは敬介を照らし、胸のボタンで反射した光がミラーボールのように敬介の周辺を照らしている。その光を詩音は後ろから眺めている。そして敬介は続けた。

「今、多くの人達がポリフォニックサピエンスへと希望を持って進化を行っています。6年前に僕が言ったことを素直に実行してくれた人達は、しっかり『アトラクター感受性』を自分に植え付け、ポリフォニックスタイルの生活を始めています。幸い、僕が最も恐れていた、テロリストの攻撃は現在までありませんでした。そのおかげで、我々にはニューロンクラスターを得るために十分な時間が与えられました。そして、皆が『愛』の重要性に心底気付き、自らのエゴイズムを捨て去り、さらにはマイノリティを心の底から大切に思い、脳を他者のためにフル回転させました。そしてその結果、世の中を『愛』を基盤とする好循環状態へと変革することに成功しました」

詩音の頭の中には昔の辛かった頃のことが思い出されていた。敬介の背中は手を伸ばせばとどきそうで、漆のように輝く燕尾服の背中に吸い込まれそうな気がした。あの背中に耳をあてて敬介の声の振動を感じてみたいと思った。

「そしてこの社会自体を変えたものは『愛と神のメカニズム』を発見できたことだけではありません。それと対峙する行為があったからなのです。その意味はポリフォニックサピエンスの方なら瞬時に理解していただけるでしょう。つまり、私が先進的な研究開発をしているその裏側の社会で、コードネームXQという僕よりも遥かに卓越した能力を持つ女性がアトラクター感受性を人類の中で最初に身に付け『神の逆関数』を完成させたからなのです」

詩音はこの言葉に驚いて目を見開いた。まさかここで裏社会のもう一人の自分が登場するとは思ってもみなかったのである。敬介は続ける。

「この話は今初めて皆さんにするのですが、私の自宅に小さな蜘蛛が住んでいるのですが、その蜘蛛の巣の一部から、異次元からの緊急情報を受信していました。この情報を私がコンピュータ内に作った『アトラクター感受性』に解読させたところ、コードネームXQがこの世の中を完全に消滅させる『クオンデリーター』の開発に成功したことを知らされたのです。正直この世界はもう終わりなのかと思いました。あの時にXQがこの世界を滅ぼすイニシアチブをとれなければ、私はテレビで皆さんに心の変革を訴えなかったと思います」

再び会場はざわめいた。

「私は伝道師でも平和のリーダーでもなくただの音楽家、そして研究者でした。そんな私にあのような行動を起こさせたのはコードネームXQが私の能力の限界を教えてくれたからなのです」

詩音は再び固く目を閉じた。

「彼女は私に私の研究者としてのエゴに気付かせてくれた恩人です。あのとき私は技術を武器にできると思っていましたが、全くそれは誤りであるということに気がつきました。進化した人間にとっては旧来の技術は子どもの遊びのようなレベルになり下がるのです。人が進化しようがしまいがそんなことも問題ではありませんでした。それより最も大切なことは武器を振りかざすことではなく、口に出して『愛』の大切さを世の中に訴えることであると気付いたのです。武器を用いて人の心を変えることはできませんが、『愛』の本質を知らせることによって、人の心を変えることができると考えたのです。そしてそれを実行することが自分の天命であると思ったのです。

『愛と神のメカニズム』は『愛』が絶対に必要であるということを我々に教えてくれている一方でニューロンクラスターがないと進化できないという困難な課題を我々に与えていました。そして、進化したければニューロンクラスターをもてるようになりなさいと指示をくれるのです。すなわち『愛』を持ってニューロンクラスターを脳内に育てろということだったのです。誰もが進化したいわけですから、誰もが『愛』を持とうと努力を続けるようになりました。だから今があるのです」

敬介が、進化したいという人の気持ちを利用して「愛」を世の中に浸透させたことを、ここで人びとは初めて知った。そして進化が重要なのではなく「愛」に満ちたこの社会が最高の収穫であることを知った。敬介はさらに続けた。

「コードネームXQは人類を進化させるために『クオンデリーター』を開発しなくてはならない役目を担っていたと言えます。もしそれを完成させていなかったなら、我々は圧倒的な軍事力により一時的にテロを排除できたかもしれません。しかし、その後どこかにまた同じようなテロリストが現れ始め、戦いは泥沼化し人類が滅びるまで同じことを繰り返していったでしょう。そして一見平和のように見える人の心も、一昔前のような不安と怨恨に満ち溢れていたと思います。またたとえ争いがなくなろうとも、愛のない環境破壊によって自然災害や疫病によって人類は滅ぼされていったでしょう。歴史から学習できない人類。表面をさらうだけの技術で事態を乗り切ろうとしてきた今回の人類は愚かで滅ぼされる運命でした。

そう思うと、私は声を大にして言いたいと思います。『XQありがとう！』と。クオンデリーターを完成させたにも関わらず、使わなかったXQに深く感謝しなくてはなりません。なぜならこの6年間の間にコードネームXQはクオンデリーターを使う機会は何度もあったはずです。なのにわざと使わなかったのです。彼女はメカニズムに従って自らの欲望に打ち勝ち、他へ一旦譲るという行動に踏み切ったのです。この間に僕ができることは、皆さんに『愛』の重要性を伝えることだけでした。メカニズムを知ってもらい、『愛』のある社会に変えてゆくことで、人類消失のスイッチを手にしていたコードネームXQの使命を変えたかったのです。一人の使命を変えるために社会を変える。そんな大それたことと思われるかもしれませんが、それしか私達は助かる道がなかったのです」

詩音は自分の心を落ち着かせるのに必死であった。スピーチする敬介の言葉が自分の神経を這い回りもう少しで頭の中が真っ白になりそうなのである。この次には自分の番が回ってくるので、わざと自分の気を他にそらして涙を必死でこらえた。しかし本当は心の中では今、敬介の前にいる私がＸＱなのだと叫びたかった。

敬介のスピーチが終わり盛大な拍手が会場にあふれた。敬介は繭子の待つ客席に戻り、やがて拍手がなりやむと、今度は詩音が受賞のコメントを求められた。詩音は敬介の言葉で体はすでに深い陶酔の状態へ入る準備が整っていた。

「ピアニストの詩音さん、本当におめでとうございます。受賞された感想をお願いします」

「本当にありがとうございます。ピアノと出会い、ピアノを続けてこられたこと、そして私の演奏活動が平和に貢献できたことを本当に嬉しく思います。私はピアニストですからピアノで感謝の気持ちを表現させてください」

ステージの中央に最高級のコンサートグランドピアノが設置されている。詩音の頭の中にはすでにあの敬介の曲が流れ始めていた。彼女の指先はすでに毛細血管が膨張するかのように熱を放出しているようである。そして詩音は全身にエクスタシーを感じ始めていた。会場の人びとはピアノに向かう詩音に注目する。

そして詩音は目を閉じて鍵盤に手をのせた。詩音の体から出る特別な気を会場の人びとは感じ取った。そして敬介と繭子も心の中で出てくる曲がなんであるかを感じ取った。そして詩音は演奏を始めた。その曲は……あの敬介の曲ではなかった。詩音は敬介にＸＱであることを悟られまいと他の曲を演奏したのであった。しかし詩音の心の中には敬介のあの曲が鳴り響いていた。敬介の2つの曲が並行して詩音の頭の中を駆け巡り、会場にはあの曲ではない別のピアノ曲が響いていた。限られた者だけが2つの曲のカオス共振のゆらぎを感じとっていた。

《詩音の指からは光の粒が放たれている。それが会場を包み込んでいる。それらは独特の螺旋模様を描いて敬介の脳へと運ばれている。敬介の体からも光の粒が放出され始め、やがて2つの螺旋が絡み合うようになる。詩音の額には汗の粒が光りはじめ、同じように敬介の額にも汗がにじんでいる。詩音はステージで、敬介は客席にいるのだが、二人の呼吸はぴったりと一致している。敬介は目を閉じて、昔あの電子ピアノを開発していた頃を思い出しながら詩音の曲に酔いしれている。詩音は敬介の曲を心で響かせながらエクスタシーを感じ、それを他の曲で表現させている》

敬介は詩音の演奏に含まれる何かに気付いたように目を見開く。そして彼女をしげしげとみながら、なにか問題が解けたかのように満足な顔で聴き入っている。そしていつもと違う敬介の表情を繭子が逃す訳がない。繭子は、隣から敬介の顔をのぞきこんで、

「いいピアニストじゃない。彼女の演奏にあなたの何かを感じるのは気のせいかしら」

「これは気のせいじゃないね。僕も同じことを感じているんだ」

「専属ピアニストにしたいでしょ」

「本当にそう思うね。素晴らし過ぎる。まるで昔からの僕の音楽パートナーのようだ。でも彼女は僕だけのために生まれてきたのではなく、世界のために生まれてきたんだ。僕だけのものにしてはいけない……」

まさに詩音と敬介のこれまでの行動は、「互いに縁を結ぼうとすることを他に譲る」という「愛と神のメカニズム」を理解し行動しているのであった。彼らの行動によって彼らはそれぞれの道で成長しそれぞれの役割を果たした。そしてその役割を果たした結果ようやく対面が実現したのだが、これからもまた同じようにメカニズムを実行してゆく。

表彰式は無事に終わり、敬介は記者会見の会場へ移動しインタビュアーに質問された。

「敬介さん、おめでとうございます。これからの抱負をお願いします」

「僕に興味をもっていただいて、本当に皆さんには感謝いたします。これからのことですが、僕と妻にはまだまだたくさんやるべきことがあります。皆さんもご存知のようにまだわずかに進化できない人達がいます。

そのような人達は、再度自分の心構えを根底から見直す必要があるでしょう。違法なことはなにもしていないけれども、脱法や周囲への影響を考えないで自由きままに生きてきた人達を見てください。他人同士が喧嘩したり、怒られていても、自分は目立たないよう、巻き込まれないよう、常に気付かぬふりで逃げてきた、いわゆる『ずる賢い』といわれた人達を見てください。現在ではこの人達の進化が特に遅れているといわざるを得ません。彼らの意識を今後どのように変えていくかがホモサピエンスに与えられている課題だと思っています。

また一方では、『愛』のある人は心構えの成果があって順調に増え続けていますが、ホモサピエンスから見て見るとこの人達は、ほとんどが、ポリフォニックサピエンスに進化してしまったので、やはりホモサピエンスの中での比率は5パーセントのままです。5パーセントという『愛』のある人達の比率はやはりこちらの世界では永遠に変わらないのです。そして、この進化していない5パーセントの『愛』のある人達は、ホモサピエンス社会の中でも非常に大切な役割を担っていくことになるでしょう」

すかさず別の放送局のインタビュアーが質問する。

「その救われない層をどうやって救うのでしょうか？　未だに進化できない人びとは幸せになれないのでしょうか?」

「いえ、幸せになれますよ。進化せずとも有意義かつ幸せな人生が送れます。しかも進化した人と遜色ないくらいにです」

「それはどうすればよいですか？　アドバイスをお願いします」

「意識的に自分の脳を訓練するのです」

「どのような訓練ですか？」

「脳内に『好循環神経回路』をできるだけたくさんつくる訓練です。バイオフィードバックという古典的技術を用いて自分の身の回りに起こったことを常に良い方向に解釈できるよう、繰り返し訓練するのです。嫌なことが起こっても、それが次へのステップの必然として起こっていると意識的に思えるよう『心の癖』をつけるのです。物事を前向きに、かつ必然的に良い面をとらえて解釈できるよう、思考の訓練を繰り返せば、脳の中にはニューロンクラスターの芽になる『好循環神経回路』を芽生えさせることができます。統計で見ると、進化できない人の脳の中には、物事を常に悲観的にとらえる『悪循環神経回路』がびっしりつまっていました。これではどんなに恵まれた環境にいても不幸としか思えなくなります。また、この『悪循環神経回路』があると他人の気持ちを心の底から理解することなどできないので誰も信用できなくなる孤独感に襲われます。脳の中に『好循環神経回路』が沢山あるのか『悪循環神経回路』が沢山あるのかによって、同じ環境下にいても幸せ感や潤い感がまったく異なります。これから の私と妻の仕事は、進化していない人達に幸せと潤いを与えることなんです。このため意識的に脳内にできるだけ沢山の『好循環神経回路』をつくるように働きかけていこうと思っています。ただそこまですると今度は別の問題も出てきますが」

「それはなんですか?」

「この『好循環神経回路』が脳にできると、ただ単に生きていること自体が本当に楽しくなります。つまり進化したいと思う心が薄れてしまうんですね。つまり我々は今のままで十分幸せであり続けることが可能となります。お互いの存在に感謝し、自然の恵みに感謝し、空間を共有する者同士が仲良く暮らせることになります」

「それは問題というより、利点ではないのでしょうか?」

「短期的にみればそうですね。しかし進化したいと思う心が薄れるということは、メカニズムに逆行はしていないにせよ順行もできていないことになります。何の問題もなく、永遠と続くような平和にあぐらをかくような世界は長期的にみれば崩壊に向かうようになっているのです。『進化しない』もしくは人に例えると『成長しない』ことはメカニズムに逆らうのと同じです」

「とすると、天国のような平穏な世界も一概に良い訳ではないということですよね。だとすると私達はどのような世界を目指せばよいのでしょう」

「根本的にこの世界は『愛と神のメカニズム』に沿って動いていますから、本当は特になにもしなくてもなるようになっています。ですので進化・成長を放棄したという意味での平穏な社会にならないように『神の関数』が『愛』だけでなく『無関心』と『エゴ』も進化に必要なだけ発生させていると考えられます」

「そうだとすると、ホモサピエンス社会はいつまでも安定しない社会が続くということですか？」

「そうなることが本当の意味での安定だと思っておいた方がよいでしょう。今の世界が平和に向かえば向かうほど、次に解決すべき『課題』が『神の関数』から提供されますがこれは宿命なのです。もし世の中の『無関心』や『エゴ』に出会った時は、不運かつ悪であるという短絡的な考え方ではなく、これを『絶妙のタイミング』で与えられた『ありがたい課題』であると解釈し、これらと正面から向き合うことです。これは楽なことではありません。しかし『好循環神経回路』があればそれを喜びに変換してくれます。どんなことが起ころうとも、人生が楽しく、潤いがあるように感じられるようになります」

「なるほど、『愛と神のメカニズム』と同じような考え方をすることで、様々な問題に対してのとらえ方を今までと変えていくんですね。それはまさに自分の価値観を変えるのと同じように思えます」

「なかなか頭でわかっていても、心がこれを受容するに至るまでには時間がかかると思います。しかし脳には年齢に関わらず学習できる柔軟性があります。自分の身の回りに起こったでき事は、必然的かつ良い方向に考えることを意識的に続けてください。何千回も何万回も訓練するのです。そうすれば脳の可塑性によって『悪循環神経回路』もだんだん働きが弱まってきます。何が起こってもこの『悪循環神経回路』に接続しないような癖をつけるのです。これは九九を憶えるのと同じで、繰り返し意識してやれば必ず身に付きます。是非試してください」

「それなら誰にでもできそうですね。他にもなにかありますか」

「あと知的好奇心を持ち続けてほしいと思います。知的な脳の喜びは地位や財力などに勝る枯れない安心感と快感を創出し、たとえ自分の起こった不幸なでき事についても、知的解釈によって自分を悲しみから救い上げてくれます。このような思考を手に入れることによって、人間は『愛』『無関心』『エゴ』が共存せざるを得ない社会構造の中においても、毎日が本当に楽しく、潤いを感じる人生を過ごすことができるようになります」

「知的好奇心は人間を成長させていきますよね」

「あの数式は僕達に『成長せよ』と教えてくれているようです。言い換えれば『人間は成長することが唯一の目的』だと言えるでしょう。

人間は一進一退しつつでも、たとえ僅かでも成長が実感できれば生きていけるのです。そして胸を張って生きてよいのです。あなたが幸せかどうかに関係なくです。そしてこの言葉を知っていれば、成長の方向へと舵をきり他の人を救うことにも気がつけるようになります。皆さんは人間である限りこの言葉だけは一生忘れないでください。これを実行することは『愛と神のメカニズム』に沿って人生を進化させることと同じなのです。メカニズムに沿って成長すると、その人生にはやがて喜びがもたらされます。なぜならば、成長とは進化の下位概念にあたり、つまり『愛と神のメカニズム』の目的と実質的に同じであるからなのです」

敬介のメッセージはまだ進化できず落胆していた人達への心の励ましとなった。そして、人類の進化は終息し、ついに敬介と繭子だけが最後に残ったのである。進化した世界の人びとはこの二人の進化の様子をライブ映像を通して注目していた。

愛につつまれる敬介

敬介はすこし神妙な顔をして繭子に語りかけた。

「今まで本当にありがとう。君のおかげで人びとを救うことができたよ。君はもうわかっているよね。僕の正体を。僕達はもう十分過ぎるくらい話し合った。そしてやっと役目が終わるときがきたんだね。さあ、君が人類で最後に進化する人だ。最後まで僕をサポートしてくれてありがとう。僕は君が進化するのを見届けてそして自分の役目を終えることができるよ」

繭子は微笑みながらうなずいた。

「やっぱり今日がその日だったのね」

「そう。今日がその日だ」

「ここまでこられたのはあなたのおかげよ。あなたが誰かはわかっているわ。あなたにニューロンクラスターがない理由も。あなたが次々と思いつくいろんな事柄をみて、普通ではないとずっと思っていたから。それに今日のたった今までそのことについては触れてはいけないということも」

「僕も君が気がついてくれていたことはだいぶ前からわかっていたよ。そして僕も今日までこのことに触れてはいけないことも解っていた。夫婦生活が長く続くとここまでわかるんだね」

「今日で私達の関係は完成されたということね」

「その通り。僕と君の縁は目的を達成したということだ」

「あなたと一緒にいられて本当に良かった。人類を救ってくれてありがとう。そしてこれからも私達をずっと見守ってください」

「こちらこそ僕を支えてくれて本当にありがとう。君がいてくれたおかげで僕もくじけないでがんばることができた。そしてとても有意義な時間が過ごせたよ」

二人を見守る人びとには言葉は聞こえていないが、二人の表情をみていて、シリアスな場面であることは伝わっていた。

「じゃあ、そろそろ始めてくれるかい。君の膝を借りるよ」

「わかったわ。じゃあね」

二人は微笑み、うなずき合った。敬介は藹子がシナプストレーナーのヘッドフォンを装着することを確認して、彼女の膝に頭を横たえ目を閉じた。そして藹子も一度深く深呼吸しながら目を閉じた。しかしすぐに目を見開きながらシナプストレーナーのスタートボタンを押した。敬介は藹子の膝でとても気持ち良さそうに眠っているように見える。藹子は一心不乱にシナプストレーナーでトレーニングしている。ある程度トレーニングが進んだところで藹子は敬介の方を一瞬確認するように見つめた。そして藹子はまた画面に視線を戻すと涙を流しながらシナプストレーナーを再び操作し続けた。敬介は藹子の膝の上で満面の笑みを浮かべている。藹子の涙が敬介の頬に落ちる。無音の空間の中でシナプストレーナーのトレーニングは進んでいく。やがて敬介の姿は段々薄れていき、やがて霞のように消えていく。

敬介はなぜ消えていくのか？　他の進化したポリフォニックサピエンス達には、その理由が一瞬にして理解された。そしてこれが彼との永遠の別れであることも。そして、この光景もやはり「愛と神のメカニズム」に従っていたことも。

藹子が敬介のあの言葉を思い出している。その声はこだまのように聞こえてくる。

「人それぞれ愛についての解釈はいろいろあるよね。でもその本質は1つなんだ。その愛の原型はね『自分が結ぼうとするのを他の相手に譲る』という単純なふるまいなんだ」

「僕が言っている縁とは『出会う』ことだけじゃないんだ。『別れる』という意味も含まれているんだよ。すべての物は縁があって出会い、縁があって別れていくんだ。この動作を『縁』と言っているんだ」


繭子は心の中でつぶやいた。

「すべては出会う時、別れる時が決まっていたのね。あなたとは本当に充実した時間を過ごせたわ。ありがとう敬介さん。私も今まで以上に強く生きてゆくわ」


あれから、敬介は人前から完全に消息を断ち、二度と姿を現すことはなかった。世界科学者連合は、敬介が消えたことに対して衝撃を受け、あらゆる手段を用いて科学的に捜索したにもかかわらず、手がかりはまったくつかめなかった。

それもそのはずである。敬介は繭子を進化させた後、神の関数そのものへと吸収されたのである。敬介は、実は「神の関数」の一部であったのだ。「神の関数」はこの世の中を救うために、その一部が敬介という個体に変化し、人間である繭子と「縁」を持ち、さらに会話によってその「愛」を制御するエネルギーを育み、そのエネルギーを用いて人類の「愛」そのものを制御していたのである。

そして人類最後の繭子が進化した今、敬介の役目はようやく終わった。「神の関数」はあらゆる次元において目に見えない関数であり、ここへ吸収された敬介は当然姿を消すこととなったのである。この現象は死後の世界に移行することとは違い、特殊で不可逆な死といえよう。

心に空いた穴

そして世界科学者連合の研究室で研究に没頭していた礼子にもその情報が伝わる。礼子は敬介が消息を断ったことを知ると、涙をうかべ言葉を失った。敬介の創造性があまりに人類の創造性を逸脱していたために、以前から「もしかしたら」とは思っていたのだ。代表から敬介のことを聞いた後、礼子は一人研究室に閉じこもった。そして自分が密かに敬介のことを愛していたこと、平静を保ちつつ心に封印していた敬介への想いが一気にこみあげてきた。そして叫ぶように泣き崩れたのである。

その後も悲しみからなかなか立ち直れず、やがて彼女は精神的に非常に不安定な状態となった。彼ともう二度と話ができないと思うと、寂しくてたまらなくなった。それでもアーティストらしく礼子は敬介との永遠の別れをキャンバスにぶつけて、その癒されない悲しみを作品で表現した。

しかし自分の心にあいた穴はまったく満たすことができなかった。そこで彼女はあることを思い出す。それは密かに昔から考えていたことである。すなわち、いつか試してみようと思っていた敬介のアトラクターキャラクターを経験することであった。礼子は実験室の金庫に厳重に保管されている敬介のアトラクターキャラクターを取り出し、ひたすら自分の脳へインプットし、記録された敬介の過去を感じ続けた。

それを続けるうちに、敬介のアトラクターキャラクターに登場する女性の中には、妻の繭子の他に自分の存在も強く印象付けられていることがわかった。さらに、他にも2人の女性が強く印象として刻まれていた。その一人はコードネームXQである。そしてもう一人はピアニストの詩音であった。そして実は敬介はこの二人がほぼ同一人物であることを知っていたのである。国際平和賞での授賞式のあの場でも敬介は、自分の隣のピアニストがコードネームXQであろうことを知っていたのだ。

礼子はそのとき初めて敬介の「愛」の形を悟った気がした。敬介はあえて「縁」を結ばないことで、人類すべてを愛してくれていたのだと思った。敬介の今までの人に対する見方は、個人としてみていたのではない。彼は一見個人と見える人をすべて1つのメカニズムから発生している自分自身として見ていたのだ。だからそもそも人を区別して見ようとする概念すらなかったことに気がついた。礼子は今の悲しみは敬介を独り占めしたいと願うとてもローカルで小さい「エゴ」から発生したものであり、せめて繭子のように敬介を世界にとって共有すべき対象ととらえるよう、もっと広い視野をもつことで悲しみを和らげようとした。そしてたびたび押し寄せる悲しみにおしつぶされそうになりながらも、可能な限りこのような思考を繰り返すことを心がけて、やがて元気を取り戻すようになる。その後、彼女は次元階層をまたがる斬新な芸術活動を発案し、まるで1つの目的を果たすかのように量子空間を美で埋め尽くしてゆくのであった。

しばらくして、繭子は敬介との今までの有意義な会話をまとめて出版を行った。この本は人間が生きていく上で大切なことがびっしり書かれていて、たちまち大ヒットする。そして繭子はその内容について、世界中で講演に招かれるようになっていった。昔から敬介と約束していた人生の過ごし方、すなわち、常に成長を心がけて毎日を過ごしている。敬介の子ども達は新たな家庭を築き、各々の生活の拠点で独立していたが、その子ども達の心配もよそに、繭子はとても活発に講演活動を続けていくのであった。

そして、詩音は敬介の遺作を弾きながら、切ない思いを心に抱き、コンサートによる平和活動を続けていた。そして時間があるときは、敬介が初期に発明した「音楽の子宮」と呼ばれる自動作曲装置を用いて敬介のDNAを持つ音楽に溺れ、自らの空虚感をまぎらわせる日々を送り続けているのであった。どんなに時間が経過しても敬介への思いは弱まることはなかった。それは「縁」をむすばなかったからこそかもしれない。だからこそ引き合う力はこれからも永遠に続くように思えた。そして来る日も来る日も敬介に逢いたいと願っていた。

いつしか詩音は突然、何を思い出したのか、昔使っていた大きなバッグを取り出してくる。バッグは黒っぽい色をしていてかなり古そうである。詩音は壊れかけのファスナーを引きずりそのバッグを無理矢理あけてみた。

するとそのバッグには昔、詩音が破壊したクオンデリーターの残骸が入っていた。そして詩音はその中から、なにやらごそごそと探し始め、がらくたのような物体を取り出した。その瞬間、詩音の頭の中にはあのデモ曲が再び流れ始める。実はそれは「神の関数」を見つけるための暗視スコープであった。

詩音はまるで取り憑かれたかのように、それを必死で修理し始めた。心の中にはあのデモ曲が流れ続けている。もう彼女の頭の中には敬介に逢うことしかない。敬介なしでは考えられない。彼に逢いたい。彼に逢わないと自分が生きている意味がない。修理が進めば進むほど、今まで理性で抑えてきた恋愛感情が堰を切ったように流れ始める。自分はもう愚かでもいい。自分が元テロリストだとばれたってかまわない。どんなに愚かな女であると言われてもいい。私は敬介に会いたい。

詩音は一秒でも早くそのスコープを修理して「神の関数」に吸収された敬介の存在を確かめたかったのである。敬介のデモ曲に包まれながら、詩音の体からは光の束が脈動し始めていた。

《満点の星をちりばめた宇宙、そして下の方には青く光る地球が見えている。その地球の一点には今まで何度もみたことのある金色の光の束が噴出している。これは詩音が暗視スコープを修理しているために思考を集中させる時に出ているエネルギーである。その殺気立つ程のエネルギーはやがてエクスタシーエネルギーのように金色の脈動した光から青緑の一筋の光に落ち着いたかと思うと、サーチライトのように天高く宇宙を照らしはじめた》

地上では、詩音が修理した暗視スコープで夜空を眺めている。そこには何が見えているのかわからないが、彼女はとても嬉しそうな表情をしている。きっとそこに敬介のなにかを発見したのだろう。その嬉しそうな表情はまるで子どもに微笑む母のような優しい顔になっていた。詩音は自分自身が何者か、そしてこの世の中のすべてを理解したかのような表情を浮かべていた。

詩音はその時、後ろに人の気配を感じた。振り向いて見ると繭子と礼子が暗視スコープの中を覗きたそうにしているではないか。詩音は二人に微笑んだ。そして別のスイッチを入れると、その暗視スコープの中の映像が天空のスクリーンに映し出されたのである。彼女達は微笑みながら前後に連なってそのスクリーンを一緒に見上げた。そのスクリーンには無数の金色のアトラクターとたった1つ青緑色のアトラクターが映し出されていた。そのアトラクターこそが敬介なのである。そして彼女達は自分達が何者か、そしてこの世の中のすべてを理解してしまう。すると彼女らは自分達の後ろにまた人の気配を感じた。そこには敬介の子ども達を含む無数の「縁」が連なっているではないか。その縁は数珠のように連なっていて敬介と関わってきた人びとの姿が見える。そしてその連なりの中に敬介も並んでいる。どこかで観た唐草模様とともに。つまり、すべての人は時期がくれば「神の関数」の役目を担うということが示されていたのである。

その人達を不思議そうにあの蜘蛛達が見ている。それに続く人数はおびただしいもので、これがまるでDNAのような螺旋となり久遠の彼方へと続いているようだ。

愛と神のメカニズム

これまでの敬介の表情が走馬灯のように映像として映し出される。そして敬介の曲がゆるやかに流れる。

天からの敬介の声……。

すべては「愛と神のメカニズム」に従っています。このメカニズムはどんな手段を使ってでも強制的に進化しようとします。僕が敬介としてこの世の中に生まれてきたことは必然でした。そして繭子と出逢い膨大な時間を費やして会話し知的成長を遂げたことも、もちろん計画通りです。僕ひとりで皆さんを救うことはできませんでした。彼女が「愛の本質」を根気よく僕に教えてくれてきたからこそ、僕は人間という立場でこのメカニズムを発見し、人間の愛そのものを制御することができました。繭子が言っていた「相手の気持ちをわかってあげること」は、相手が生きるために絶対に必要なことなのです。皆さんにお願いです。今まで抽象的に表現していた「愛」だけでなく、これからは機能的な「愛」を必然として心にとどめて実行してください。「愛」を実行しないと人類は滅ぶのです。この大切なメカニズムを理解し、人に、動物に、環境に、すべてに「愛」を与え続けてください。与えた「愛」は相手を媒体として世の中へと広がっていき、いつか自分にも舞い戻ってきます。僕の話を聞いてくれてありがとう。

敬介の声は、敬介の曲にうもれながら、やがて聞こえなくなっていった……。

あとがき

このたびは僕の小説にご興味をもってくださいまして本当にありがとうございました。

この小説は２００７年に突然閃いて書き上げたものですが、その後、アートイベント「数式に記された愛」なるものを立ち上げた関係で小説としての出版は見送っていました。しかしながら今、この「愛」が必要とされる時にタイムリーにこの小説をお届けできる事を大変喜ばしく思っています。ちなみにこの小説に登場したあの数式は実在する数式であり、本当にカオスを生み出す数式です。

他の僕の芸術活動としては、アートイベント「数式に記された愛」を行っています。また、小説中に登場する楽曲をイメージしたCD「数式に記された愛」も出版しています。もちろん、音楽ライブ「魔法の両手タッピング奏法」も好評です。是非ホームページなどで情報を探ってみてください。いつか生で皆さんとお会いできる日を楽しみにしています！

（出嶌達也ライブ情報＆メルマガ登録は

Email : sushiki_ticket@yahoo.co.jp

まで氏名を添えて送信してください）

Special Thanks（敬称略）

プラーナひろこ（水原ひろこ）、Rynco、大久保里夏、AS UMI（海に様に）、真野恵子、飯塚宣男、David Bull、小山仁久、寺田秀昭、伊藤美穂、船矢洋介、岡部聖爾、中村真、Akatsuki、小田かなえ、片山かなみ

みらいパブリッシング：松崎義行、田中英子、洪十六、岡田淑永

マッサージ＆クンダリーニレイキ：ソーントン豊洲雅美

Email : masami63.omnamahshivaya@gmail.com

株式会社ＴＡＯＳ研究所

数式《すうしき》に記《しる》された愛《あい》

愛《あい》と神《かみ》のメカニズム

2020年6月1日　初版第1刷

著　者　出嶌達也《でじまたつや》

発行人　松崎義行

発　行　みらいパブリッシング

〒166-0003 東京都杉並区高円寺南 4-26-12 福丸ビル6F
TEL 03-5913-8611　FAX 03-5913-8011
HP https://miraipub.jp　MAIL info@miraipub.jp

企　画　田中英子

編　集　岡田淑永

ブックデザイン　洪十六

発　売　星雲社（共同出版社・流通責任出版社）

〒112-0005 東京都文京区水道 1-3-30
TEL 03-3868-3275　FAX 03-3868-6588

印刷・製本　株式会社上野印刷所

ISBN 978-4-434-27581-4 C0293